www.ingramcontent.com/pod-product-compliance
Lightning Source LLC
LaVergne TN
LVHW050952051026
849532LV00005B/1809
* 9 7 8 9 3 5 8 7 2 2 9 1 8 *

نفرتوں کے دنوں میں

(ناولٹ)

مشرف عالم ذوقی

NafratoN ke dinoN meiN *(Novelette)*
by: Musharraf Alam Zauqi
Edition: May '2024
Publisher :
Taemeer Publications LLC (Michigan, USA / Hyderabad, India)

ISBN 978-93-5872-291-8
9 789358 722918

کتاب	:	**نفرتوں کے دنوں میں** (ناولٹ)
مصنف	:	**مشرف عالم ذوقی**
ترتیب و تدوین	:	اعجاز عبید
صنف	:	فکشن
ناشر	:	تعمیر پبلی کیشنز (حیدر آباد، انڈیا)
سالِ اشاعت	:	سنہ ۲۰۲۴ء
صفحات	:	۶۲
سرورق ڈیزائن	:	تعمیر ویب ڈیزائن

(26/11 کے نام—)

نوٹ: خدا کو حاضر و ناظر جان کر، کہ جو کچھ یہاں بیان کیا جا رہا ہے، اس کا ایک ایک لفظ سچ پر مبنی ہے۔ ممکن ہے پہلی بار میں آپ کو یقین نہ آئے یا ممکن ہے، سارے واقعات، جو اس کہانی میں پیش آئے ہیں، آپ کو بے حد ڈرامائی نظر آئیں— اور آپ یہ سوچنے پر مجبور ہو جائیں— کہ یہ کہانی تو بہت فلمی ہے دوست، لیکن اس کے باوجود— یقین کیجئے، اس کہانی کا جھوٹ سے دور دور کا واسطہ نہیں۔ یا پھر۔۔۔ جیسے یہ کہا جائے کہ دھندلے دھندلے سے بادلوں سے ڈھکے چاند کے درمیان ایک بڑھیا رہتی ہے۔۔۔ یا پھر— جانے دیجئے— اگر آپ 9/11 یا 26/11 جیسے ناقابل فراموش حادثوں پر، دل پر پتھر رکھتے ہوئے یقین کر سکتے ہیں تو ان واقعات پر بھی یقین کیجئے جو بے حد ڈرامائی انداز یا ماحول میں اس کہانی میں واقع ہوئے ہیں (۔۔۔

(26/11 کے نام—)

"بے حد نفرت کرنے والے کیڑے بھی۔
یہیں کہیں آس پاس ہوتے ہیں۔
جہاں محبت کی لہریں اپنی پوری رفتار میں بہہ رہی ہوتی ہیں۔"

**

شاید کوئی دکھ اتنا گہرا نہیں ہو سکتا، جیسا کہ میں اس وقت محسوس کر رہا ہوں۔ آنکھوں کے آگے دھند کی چادر میں غیر واضح مکالمے یا آہٹیں جمع ہو رہی ہیں۔ لیکن جیسا، بھیانک سردی کے دنوں میں اکثر ہوتا ہے، آپ کے کان سن۔۔۔ سے ہو جاتے ہیں۔ پھر چہرے پر صرف برف کی ایک گیلی ٹھنڈی چادر رہ جاتی ہے، جو دماغ سے لے کر آپ کے سارے جسم کو سلا دیتی ہے۔ اس کنکنپا دینے والی سردی میں نفرت کے ان مکالموں کو سن رہا ہوں، جو موت یا سنامی سے زیادہ بے رحم ہیں میرے لیے—جہاں تیزی سے پھیلتی جنگل کی آگ کی طرف صرف وہ شور رہ گئے ہیں جو اس وقت بھی میرے کانوں میں گونج رہے ہیں — تیز تیز ڈرم بجنے کی آوازوں کے درمیان خنزیر کے گوشت بھوننے کی بدبو پھیل رہی ہے، اور تہذیب و تمدن سے بے نیاز انسانوں کے ہڑدنگ۔۔۔

لا۔۔۔لا۔۔۔لا۔۔۔ہے۔۔۔ہو۔۔۔ہو۔۔۔ہو۔۔۔ڈرم۔۔۔ڈرم۔۔۔

شاید انسان ہونے کے احساس سے جانور ہونے کے درمیان کوئی فاصلہ نہیں

—اندر ہی کہیں باہر نکلنے کی تیاری میں بیٹھا ہوتا ہے ایک جنگلی جانور، جو ایک ہی جھٹکے میں محبت کے احساس کو پنجے سے مار کر، باہر آکر ٹھٹھا کر ہنستا ہے — صرف ایک جھٹکے میں — جیسے ذبح کیے ہوئے جانور ہوتے ہیں۔۔۔ یا عام طور پر ہماری فلموں کے ایسے اداکار جو مینٹل ڈس آرڈر یا ملٹی پل ڈس آرڈر کے شکار ہو کر ایک ہی وقت میں دلکش اور بے حد بد صورت جنگلی شکل دکھا کر ناظرین سے واہ واہی لوٹ لیے جاتے ہیں۔۔۔

وہ ہنس رہے ہیں۔ قہقہہ لگا رہے ہیں۔ اُنہیں ایک منچ دیا گیا ہے۔ کسی بھی بڑے ٹی وی چینل کا ایک بڑا منچ —وہ ناچ رہے ہیں۔ گا رہے ہیں۔ وہ اپنے مخصوص لہجے میں ہمارا دل بہلا رہے ہیں —اینکر سے لے کر معزز ججوں کو بھی وہ پسند ہیں۔ وہ مسلسل ہنسا رہے ہیں۔ پھر وہ ہمارے ہی خاندان کے ممبر ہو جاتے ہیں کہ ہم ان کا انتظار کرنے لگتے ہیں —ایک عام خاندان کے ممبر کی طرح، جہاں نہ دشمنی ہے نہ دیواریں —نہ سرحد، نا باڑ کے کنٹیلے تار۔ جیسے منظر بدلتا ہے۔ وہ اچانک کنٹیلے تار کے، اس پار کے دشمن بن جاتے ہیں —ایک بھیانک دشمن۔ کسی بجرنگ دل، کسی سنگھ کا شخص اچانک سیٹ پر آتا ہے اور اس کے گلے پر ہاتھ ڈال دیتا ہے۔ آج وہ ناچ نہیں رہا ہے۔ ہنسا نہیں رہا ہے، رو نہیں رہا ہے، آج وہ سارا رول بھول کر ایک عام آدمی یا سہما ہوا جانور بن گیا ہے —جہاں اس پر وہی، اسے عزت سے نوازنے والے چیخ رہے ہیں۔۔۔ 'یہ ہمارے روزگار تک چھین کر لے جاتے ہیں۔۔۔'

اداکار نہیں، صرف ایک غیر محفوظ شخص رہ گیا ہے —جنگ کی پیشن گوئیوں کے درمیان —جنگلوں سے گزرتی فوجی ٹکڑیاں آسمان پر منڈراتے ہیلی کاپٹر —

سیاستدانوں کے بیان اور جنگ کے شعلے۔۔۔

میں شاید اس گھنے کہرے یا جنوری کی اس کنپکنپا دینے والی بھیانک سردی کا ایک حصہ بن گیا ہوں۔ اور جیسا کہ بچپن کے کسی لمحے بابو جی کی آنکھوں میں اس جنگ کے شعلوں کو پڑھنے کی ہمت کی تھی میں نے۔۔۔

"جنگ کبھی نہیں ختم ہوتی۔۔۔ جاری رہتی ہے۔۔۔"

"لیکن کیسے۔۔۔؟"

"بس یہ ہماری بھول ہوتی ہے، جو سمجھتے ہیں کہ سب کچھ ٹھیک ہے۔ ہم خیریت سے ہیں۔ لیکن دراصل ایسا نہیں ہوتا۔۔۔"

"پھر۔"

"ایک جنگ سے نکل کر ہم آہستہ آہستہ صفر میں دوسرے بڑے اور بھیانک جنگ کی طرف بڑھتے رہتے ہیں۔ چین کی جنگ ختم ہوئی کیا؟ 62 کو گزرے تو جیسے ایک صدی گزر گئی۔ لیکن کیا چین سے ہماری نفرت مٹی؟ یہ نفرت ہی جنگ ہے۔ جو تھوڑی دیر کے لیے جنگ پر روک یا سیز فائر لگا دیتی ہے۔ لیکن جنگ نہ ہونے، نہ دکھنے پر بھی جاری رہتی ہے —پاکستان سے جنگ ختم ہوئی کیا۔۔۔؟ بابو جی اس وقت اپنے 'سنگھی' لہجے میں بول رہے تھے —"وہ یہاں موجود ہے۔ یہاں۔۔۔ وہ اپنے دل کے پاس اشارہ کر رہے تھے —'اپنی ہر لمحے تیز ہوتی نفرتوں میں —جبکہ یہ جنگ تو 66 یا 71 میں ہی ختم ہو گئی تھی۔ لیکن کیا اصل میں ختم ہوئی۔۔۔؟ جنگ ایک بار شروع ہو جائے تو ختم نہیں ہوتی۔ وہ یہیں کہیں رہ جاتی ہے۔ کبھی ہمارے بدبودار کپڑوں میں کبھی پورے جسم میں۔۔۔"

جیسے میزائلوں کا رقص جاری ہو۔۔۔!

جیسے جنگی ٹینک، بارودی شعلے اگل رہے ہوں۔ آسمان پر دور تک دھوئیں کی چادر۔۔۔ آہستہ آہستہ اس نہ ختم ہونے والے دھوئیں میں ایک سہما سا معصوم چہرہ ابھرتا ہے۔

'جو پوچھوں سچ بتانا۔۔۔ بتاؤ گے نا۔۔۔؟'

'ہاں۔۔۔ پہلے پوچھو تو۔۔۔'

'دیکھو جھوٹ بالکل نہیں۔۔۔'

'ارے بابا۔۔۔ بکو تو۔۔۔'

'اچھا سوچنے دو۔۔۔ چلو سوچ لیا۔۔۔' اس کی بے حد حسین آنکھوں میں، پیار کی گہرائی کے ساتھ ایک خوف بھی شامل تھا۔

'دوسروں کی طرح کہیں تم بھی ہم سے نفرت تو نہیں کرتے۔۔۔؟'

جیسے پورے جسم میں سنسناہٹ دوڑ گئی۔ ایک لمحہ کو لگا، جنگ کے دھماکے کو میرے چہرے پر آرام سے پڑھا جا سکتا ہے۔ یقینی طور پر دوسری طرف 'کیمرے' میں میرے چہرے پر آئی کنپکنپی کو وہ شاید پڑھ رہی تھی۔۔۔

'سچ بتانا۔۔۔ جھوٹ بالکل نہیں۔۔۔'

'ہاں تم سے پہلے نفرت کرتا تھا۔۔۔'

ایک لمحہ کو محسوس ہوا، جیسے اس کے چہرے کا رنگ بدلا ہو — دوسرے ہی لمحے وہ اپنے خوفزدہ چہرے پر پیار کے بے شمار رنگ اور پھولوں کی ہزار خوشبوؤں کا تحفہ لے کر موجود تھی —

'مجھ سے ۔۔۔ یا میرے ملک سے ۔۔۔؟'

'تمہارے ملک سے ۔۔۔'

اب میری باری تھی — جیسے اندر مندر کی گھنٹیاں یا شنکھ پھونکنے کی جگہ مسلسل پھٹنے والے آرڈی ایکس یا بم کے دھماکے جاگ گئے ہوں —

'شائستہ، اگر یہی سوال میں تم سے پوچھوں تو ۔۔۔؟'

'شاید ۔۔۔ میں نفرت کر سکتی تھی ۔۔۔ تمہارے یہاں ایک چوہا بھی مرتا ہے تو الزام میرے لوگوں پر آتا ہے — مگر اپنی کہوں تو میں نفرت نہیں کر سکی ۔۔۔'

'لیکن کیوں؟'

'تاریخ کی کتابوں نے تمہارے ملک کے لیے اتنی نفرتیں لکھیں کہ یہ نفرت آہستہ آہستہ پیار میں بدل گئی۔ پھر تم مل گئے۔'

کمرے میں گھنے کہرے کے بادل چھا گئے ہیں۔ میں اس گھنے کہرے سے باہر بھی نکلنا چاہوں تو شاید یہ ممکن نہیں ہے۔ کیا سیاست صرف جنگ کے آر یا جنگ کے پار دیکھتی ہے۔ یعنی کہیں کوئی آپشن نہیں — جنگ اکیلا آپشن ہے — شاید ہماری حفاظت ہماری زندگی کے لیے — سب جیسے اندھیرے میں ایک بھیانک تاریخ لکھے جانے کے لیے ۔۔۔ شاید اسی لیے کبھی جھوٹی تاریخ سے پیار نہیں ہو سکا مجھے — شاید اسی لیے ایک بار اس نے بے حد ناراضگی سے کہا تھا۔

'تاریخ میں ہم صرف دو، نفرت کرنے والے ملک ہیں جن کے درمیان کبھی بھی امن کی کوششیں ممکن نہیں۔'

ایک کھکھلاہٹ بھری آواز ابھری تھی ۔۔۔ لیکن کتنا عجیب اتفاق ہے۔ دیکھو نا۔ میرا ایک بھائی یہاں کی آرمی میں ہے۔ جانتے ہو، وہ ہم پر اپنا غصہ کیسے نکالتا ہے —'ایک ہم ہیں جو لڑ رہے ہیں —حملے کے منصوبے بناتے ہیں —اور تم لوگ ۔۔۔ جب دیکھو ان کے ٹی وی سیریل سے چپکے رہتے ہو۔'

وہ ہنسی تو اسی کے سفید دانت موتیوں کی طرح سامنے آ گئے۔

'تمہارے ساس بہو کے ناٹک ۔۔۔ ہمارے یہاں سڑکیں سنسان ہو جاتی ہیں —ٹی وی کو گھیر کر پورا خاندان بیٹھ جاتا ہے۔ اف تمہارے یہاں کی فلمیں ۔۔۔ مجھے تو خان بریگیڈ سے زیادہ اچھا لگتا ہے تمہارا اکشے کمار —مجھے ساڑیاں بے حد پسند ہیں۔ بندی بھی ۔۔۔ ایک بات بتاؤں ۔۔۔ پائل اور سندور بھی مجھے بے حد پسند ہے ۔۔۔ دوسرے ہی لمحے اس کے چہرے پر ایک بھیانک سناٹا تھا— لیکن میرے مذہب میں منع ہے ۔۔۔' وہ پوچھ رہی تھی ۔۔۔ "یہ مذہب بنے ہی کیوں ہیں ؟ مذہب نہیں ہوتے تو—؟ تقسیم نہیں ہوتی نا ۔۔۔ ؟ تقسیم نہیں ہوتی تو ۔۔۔ ؟'

وہ بچوں کی طرح تالیاں بجا کر جیسے نیلے آسمان سے گرتی بارش کی بوندوں کو اپنی مٹھیوں میں بھر رہی تھی ۔۔۔

***

مذہب نہیں ہوتے تو؟ بٹوارا نہیں ہوتا تو؟

شاید سوالوں کے بھنور سے ہم باہر ہی نہیں نکل پاتے۔ ایک کے بعد دوسرا سوال ۔۔۔ نفرت نہ ہوتی تو ۔۔۔ ؟ بابری مسجد یا گودھرا نہ ہوتا تو؟ کشمیر نہ ہوتا تو؟

رنگ نسل بھید نہ ہوتے تو۔۔۔؟ جیسے خیالوں کی تنگ گلی میں چلتے چلتے میرے پاؤں تھک جاتے ہیں — آنکھیں کھولتے ہی جیسے نفرت کے رنگوں سے ہم خود ہی جڑنے لگتے ہیں۔۔۔ ارے۔۔۔ وہ نہاتے نہیں۔۔۔ گؤماس کھاتے ہیں۔ گھر میں تلواریں رکھتے ہیں۔۔۔ کھانے میں تھوک دیتے ہیں۔ ملیچھ۔۔۔ چار چار شادیاں کرتے ہیں۔ بہنوں میں بھی شادی ہو جاتی ہے۔۔۔ ارے پچیری، خلیری، ممیری کیا بہنیں نہیں ہوتیں؟ وہ بچپن سے ہی دہشت کی شمشیریں اٹھائے بڑے ہو جاتے ہیں۔۔۔ ہمارے مندروں کو توڑا۔۔۔ نادر شاہ سے اورنگ زیب تک ایک سے بڑھ کر ایک گھنونی کہانیاں — جیسے بچپن سے پڑھائی نہیں، ذہن میں بھر دی گئی تھیں۔ کافر۔۔۔ ہم سب کافر ہیں ان کے لیے — جنہیں مار دیا جانا ہی مذہب ہے۔ ان کے مذہب میں ایک ہی آپشن ہے — سالے مذہب کے نام پر جانوروں کی قربانی دیتے دیتے ہمیں بھی قربانی کا بکرا سمجھ بیٹھے ہیں — مذہبی کتابوں سے ملک کے سیاسی بٹوارے تک وہی ایک نفرت کا باب اگر چاروں طرف سے آپ کو گھیرتا ہو تو۔۔۔؟ بچپن سے رٹائے گئے لفظ، جوان ہوتے ہی نفرت کے شور اور بے ہنگم آوازوں میں بدل جاتے ہیں — ڈم۔۔۔ ڈم۔۔۔ ڈم۔۔۔ جیسے ہزاروں کی تعداد میں آدم خور جمع ہوں۔ سالوں نے پاکستان بنا لیا، اب یہاں بھی پاکستان بنانے کا سپنا دیکھنے لگے۔۔۔ آپس میں مرو سالو۔۔۔ ایران۔۔۔ افغانستان۔۔۔ چیچنیا۔۔۔ فلسطین سے لے کر عراق اور افغانستان کی کہانیوں میں عام چہرے والا مسلمان بھی اسامہ بن لادن ہی نظر آتا ہے۔ ہاں، پھر گھر سے باہر نکلتے ہی معصوم چہرے والے مسلم دوستوں میں شاید یہ نفرت کے رنگ ایکدم سے ایسے چھپ جاتے تھے جیسے بادلوں نے سورج کو اپنے

محاصرے میں لے لیا ہو۔۔۔ لیکن کب تک۔۔۔ پھر کوئی فساد کوئی فرقہ وارانہ فساد — کشمیر سے کنیا کماری تک 'آتنک واد' اور پاکستان کی آتنک۔ فیکٹری۔۔۔ جہاں مساد سے طالبان اور لشکر طیبہ تک اپنے خونی بیانوں اور فتووں میں عام مسلمانوں سے ہمیں ایک دوری بنائے رکھنے کی صلاح دیتے تھے — اکشر دھام پر حملے سے سنسد بھون کے گلیاروں تک آنکھوں میں ہر ایک مسلم چہرے کی ایک درندہ صفت تصویر ہی آنکھوں میں باقی رہتی تھی — مغلوں کا حملہ، حکومت، ہندوؤں سے جزیہ لینے سے لے کر نئے اسلامی دہشت گرد مجاہدین تک — ایسے میں کسی بھی مسلم رہنما یا پاکستان کے ذریعے کیا گیا کوئی بھی تبصرہ ان زہر آلود تیروں کو کمان سے نکالنے کی تیاری کر چکا ہوتا تھا —

اور بے حد سادگی کے ساتھ، مجھے یہ تسلیم کرنے میں ذرا بھی ہچکچاہٹ نہیں کہ میں ہی سوچتا تھا اور شاید اسی لیے میں مسلمانوں سے کبھی محبت نہیں کر پایا۔ وہ میرے اندر نفرت بھرے رنگوں کا ایک حصہ ہی رہے۔ لیکن شاید تب تک، جب تک شائستہ نہیں ملی تھی — شائستہ فہیم خاں، پاکستان کی دلّی کہے جانے والے لاہور کے میر قاسم محلے میں رہنے والی — اور جیسا کہ میں نے اسے بتایا، کہ ایک ایسا ہی میر قاسم جان محلہ میری دلّی میں ہے تو اس کی آنکھیں بھی، کبوتروں کے محلے میں۔۔۔ اڑتے کبوتروں کے درمیان 'دلّی' فلم کی اداکارہ کی طرح مٹک۔۔۔ مٹک جیسے گیتوں پر تھرکنے لگی تھیں — ٹھیک ویسے ہی جیسے سونم کپور اس گیت میں مردوں کی طرح تال ٹھوکتی، کمر لچکاتی، سر پر کبوتر رکھ کر رقص کرتی اپنی بھرپور اداؤں میں ایک بے

حد المست سی لہر بن گئی تھی — ٹھیک یہی گیت سرحد پار بھی گایا جا رہا تھا — اداکارائیں بدل گئی تھیں۔ وہاں بھی کبوتروں کے جھنڈ تھے۔ گلی قاسم جان کی طرح میر قاسم محلے کی تنگ گلیاں تھیں — آدمیوں کے شور وغل سے بھرا بازار تھا۔۔۔ اور شاید سب کچھ وہی تھا جو ہم دلّی۔ دلّی کی گلیوں میں تلاش کرتے تھے۔ مگر تعجب تھا، شائستہ فہیم خاں سے ملنے سے پہلے تک پاکستان صرف ایک ملک تھا میرے لیے — ایک دشمن ملک — جہاں ہمارے ملک کو تباہ کرنے کے لیے دہشت گرد یا فدائین تیار کئے جاتے تھے — پھر دہشت کا ماحول پیدا کرنے کے لیے ہمارے ملک میں انہیں اتار دیا جاتا تھا۔ کشمیر سے مالیگاؤں، دلّی سے راجستھان، ایک خونی، کبھی نہ ختم ہونے والی عبارت لکھنے کے لیے۔۔۔

لیکن شاید ایسی ہی ایک عبارت محبت کے اندھے یقین کی ہوتی ہے، جہاں دماغ نہیں۔ صرف دل کی سلطنت چلتی ہے۔ ہم عام طور پر شاید ایک دوسرے کے بارے میں صرف اتنا ہی جانتے ہیں جتنا میڈیا، اور سیاست ہمیں بتاتی ہے — نیٹ پر چیٹنگ کرتے ہوئے ہم دیس بدیس کے کتنے ہی لوگوں کو قریب سے جان پاتے ہیں۔ شاید اسی لیے اس بے حد اندھیرے وقت میں نیٹ کا ساتھ مجھے غنیمت لگتا تھا — اور بہت سے اپنے دوسرے دوستوں کی طرح میرے اندر بھی پاکستانی لڑکیوں کی قربت پانے کی ایک چاہت ظاہر ہو چکی تھی — لیکن کیا وہ بات کریں گی؟ وہ بھی کسی ہندوستانی سے؟ کسی ہندو لڑکے سے؟ ایک بابری کے نام پر جہاں ہزاروں مندر منہدم کر دیئے جاتے ہوں۔ پھر اسلامی جمہوریت کے نظام میں جہاں پردے اور بندشوں کی کہانیاں ہم آئے دن کسی نہ کسی بہانے سنتے رہتے تھے۔

نیٹ روشن تھا۔ پاکستان پر کلیک کرتے ہی بہت سارے موجود ناموں میں ایک نام شائستہ کا بھی تھا— آہستہ سے میں نے اس نام پر کلیک کیا۔ میسیج باکس میں آہستہ سے لکھا— ایم 28 انڈیا۔۔۔ پھر شروع ہوا انتظار کا لمحہ۔۔۔

میں نے پھر میسج ٹائپ کیا۔۔۔ آر یو دیئر۔۔۔

دوسری طرف سے جواب آیا— ناٹ انٹرسٹیڈ۔

مجھے تعجب نہیں ہوا۔ شاید اب میں لڑنے کے موڈ میں تھا۔۔۔ میں نے ٹائپ کیا۔۔۔ بٹ وھائی۔۔۔ کیونکہ میں انڈین ہوں—؟

'ہاں۔۔۔'

'انڈین ہونا کوئی جرم ہے؟'

'کیونکہ تم لوگ گندے ہو۔۔۔'

'ہم گندے ہیں یا تم لوگ۔۔۔؟'

'تم لوگ۔ ہمارے بارے میں افواہیں پھیلاتے ہو۔ الزام لگاتے ہو۔۔۔'

'ہم الزام نہیں لگاتے۔ یہ تم ہو، جو ہر بار ہم سے صرف جنگ کی خواہش رکھتے ہو۔۔۔'

اب میسج کا سلسلہ چل پڑا تھا— مجھے احساس تھا، اب اس کے چہرے پر بل پڑ گئے ہوں گے۔۔۔ اس بار میسج تاخیر سے آیا۔

پوچھا گیا— 'تمہارا نام؟'

'راجندر راٹھور۔۔۔'

'ہندو ہو۔۔۔؟'

اچانک میرے ہونٹوں پر مسکراہٹ ناچ گئی —'میں نے تو نہیں پوچھا کہ تم مسلمان ہو؟'

'ساری۔۔۔'

'ساری کی ضرورت نہیں۔ لیکن کیا ہندو ہونا جرم ہے ؟'

'نہیں ؟'

شاید باتیں کرتے ہوئے، ہم ایک بے حد گھنونا ماضی بھول کر مہذب اور لبرل بننے کی کوشش کرتے ہیں۔۔۔

میں نے ٹائپ کیا —'تم مسلمان اس لیے ہو نا کہ مسلمان کے گھر پیدا ہوئی ۔۔۔'

'ہاں۔ جیسے تم ہندو اس لیے کہ ہندو کے گھر پیدا ہوئے۔۔۔'

'تم پاکستان میں جنمی۔ اس لیے نفرت کے ماحول میں یہاں کے دروازے تمہارے لیے بند۔۔۔'

'جیسے تم ہندوستان میں — دشمنی کی سوغات لے کر آؤ گے تو ہم ٹینک کا رخ تمہاری جانب موڑ دیں گے۔۔۔'

'اتنی نفرت کیوں ہے؟'

'نہیں جانتی۔۔۔'

'کیا سب سیاست ہے۔ صرف اتنا کہہ دینا کافی ہے۔'

'شاید نہیں۔ کیونکہ ہم اس سیاست کے شکار، نوالے ہوتے ہیں — جنہیں نگلتے

ہوئے سیاستداں ہمارے بارے میں نہیں سوچتے۔۔۔'

'اچھاتمہارانام کیا ہے؟'

'شائستہ فہیم خاں۔'

'شائستہ۔۔۔ اس کا مطلب کیا ہوتا ہے؟'

'پولائٹ۔۔۔ ہمبل۔۔۔ جس کے وجود میں ایک سلیقہ ہو۔۔۔'

'لیکن تم ایسی دکھتی تو نہیں۔۔۔'

'شٹ اپ۔۔۔' لیکن ساتھ ہی اس نے جلدی سے ٹائپ کیا تھا— 'مجھے ہندو اچھے لگتے ہیں۔ بہت دنوں سے کسی ہندو سے بات کرنے کی خواہش تھی۔۔۔'

شاید سرحد کے اس پار ممکن ہے یہ ایک عام سی خواہش ہو، جیسے یہاں کے ماحول میں ایسی ہی ایک خواہش میرے اندر بھی جاگی تھی۔۔۔

'تم لوگ اتنے گندے کیوں رہتے ہو—بس۔۔۔ ذراسے پانی سے نہالیا اور وہ باریک سادھاگا۔۔۔'

'جینئو۔۔۔'

'ہاں۔ وہی، باندھ لیا—دھاگا باندھنے سے آدمی کہیں پاک ہو جاتا ہے۔۔۔؟'

میں نے اپنے سوالوں کو روک لیا تھا۔ اس لیے کہ میں اچانک چونک گیا تھا۔ میں بھی پوچھ سکتا تھا، اچھا جینئو باندھ کر ہم پاک نہیں ہو سکتے۔۔۔ مگر جو تم لوگ نماز سے پہلے کرتے ہو۔۔۔ ذراسا پانی سے۔۔۔؟ ماضی کی کہانیوں میں مسلمانوں کو گندہ اور ملیچھ کہے جانے والے کتنے ہی واقعات گھوم گئے۔۔۔ تو وہاں بھی ایسی ہی ایک رائے ہمارے بارے میں بھی ہے۔۔۔ وہاں بھی ایک میر قاسم جان گلی ہے۔۔۔

'سونم' کی طرح اپنی شرارتی ادائیں دکھاتی ایک اپسرا سرحد پار بھی ہے —جو ادھر ہے۔ وہی کچھ اُدھر ہے۔ امن سے دہشت، اور خواہشات سے سیاست تک۔

شاید اس دن پہلی ملاقات میں ہی ہم دوست بن گئے تھے — بے حد اچھے دوست —اور دوستی کے لیے سرحدیں، ذات پات، مذہب شاید ساری چیزیں بے معنی ہو جاتی ہیں۔ اس دن شائستہ فہیم خان دیر تک ہندوستان، تاج محل، قطب مینار اور اجمیر کے بارے میں پوچھتی رہی۔ ہمارے دیوی دیوتاؤں کو لے کر اس کے اندر عجیب عجیب سوالوں کی ایک لمبی قطار تھی —کیا رام جی سچ مچ سیتا جی سے بہت پیار کرتے تھے؟ لچھمن ریکھا کیا ہے؟ یہ سونڈ والے بھگوان کیوں ہیں؟ کیا ہنومان جی سچ مچ آدمیوں کی طرح بولتے تھے۔۔۔ یہ مندر میں گھنٹیاں کیوں بجتی ہیں۔۔۔؟ شنکھ کیا ہیں؟ پوجا سے پہلے کیوں شنکھ بجائے جاتے ہیں۔۔۔؟

پوجا۔۔۔ شنکھ۔۔۔ مندر کی گھنٹیاں، بھگوان۔۔۔ رامائین اور مہابھارت سے نکلی کہانیاں۔۔۔ دوسری طرف اجمیر کی درگاہ، ممبئی کے حاجی علی اور دلّی کے قطب صاحب سے لے کر حضرت نظام الدین۔۔۔ نیٹ کی روشن دنیا میں نہ جنگ کے بگل بجتے تھے۔ نہ سیاسی توڑ جوڑ۔۔۔ نہ ٹینک بارود اور توپوں کے شور۔ نہ آر ڈی ایکس اور اے کے 47 کا ذکر۔ مذہب گم تھا۔ شنکھ کی آواز، مندر کی گھنٹیاں اور مسجد سے آتی اذان کی آواز۔۔۔ جیسے سب ایک دوسرے میں گھل مل گئے تھے۔ سرحدیں ٹوٹ گئی تھیں۔۔۔ اور شاید جنگ کی تمام ممکنات کے باوجود محبت اور صرف محبت باقی رہ جاتی ہے جو جنگ کی بھیانک تباہی کے بعد بھی زخمی دلوں میں مرہم لگانا جانتی ہے

پھر شائستہ سے مکالمے کے دروازے کھل گئے۔

وہ پاکستان، وہاں کے معاشرے، بندشوں اور گھٹن کے بارے میں بتاتی تھی۔ وہ بتاتی تھی کہ ایک نفرت باقی رہ گئی ہے، تم لوگوں کے لیے — نوجوان لڑکے داڑھیاں بڑھا رہے ہیں۔ نفرت اب چہرے کی گھنی ہوتی داڑھیوں سے بھی جھانک رہی ہے۔ یہاں معاملہ مذہب کا نہیں ہے — اخبار، میڈیا اور سیاست نے جو زہر بھرا ہے، اس سے مورچہ لینا آسان نہیں۔ لیکن اب۔۔۔

شائستہ کے چہرے پر سلوٹیں پڑ گئی ہیں — پہلے میرے لیے یہ ایک عام سی بات تھی۔ لیکن شاید اب نہیں۔ کیونکہ۔۔۔ وہاں تم بھی رہتے ہو۔۔۔

'اور اگر میں نہیں رہتا تو۔۔۔؟'

'نہیں جانتی۔۔۔؟'

'شاید یہی احساس میرا بھی ہے۔ تمہارا وہاں ہونا، میرے اس احساس کو، بہت حد تک کم کر چکا ہے، جہاں تم سے ملنے سے پہلے تک صرف نفرت کا بسیرا تھا۔۔۔'

نفرت چند لوگوں کے لیے نہیں۔ ایک پورے ملک کے لیے۔۔۔ وہ پوچھ رہی تھی۔۔۔ کیا یہ عجیب نہیں لگتا۔ اس گلوبل ویلیج میں، جہاں سب ایک چھوٹے سے آشیانے میں سمٹ آئے ہیں۔ یہ کیسی خوشی ہے کہ ہماری حفاظت کے لیے ایک ملک کو بم اور میزائیلوں پر بھروسہ کرنا پڑتا ہے؟

'کیم' پر اس کی آنکھیں روشن تھیں۔ ایک بے حد حسین چہرے میں — جیسے خود کو پوری طرح سے ظاہر کرنے کی آزادی سمٹ آئی تھی ۔۔۔ کیم پر ہم ایک دوسرے کو دیکھ رہے تھے ۔۔۔ اور ۔۔۔ ایک دوسرے کو سن رہے تھے ۔۔۔

'ہم بھی اڑنا چاہتے ہیں راٹھور۔ جیسے تمہارے ملک کی لڑکیاں اڑتی ہیں — ہواؤں میں۔ اپنی آزادی کے خوبصورت ڈینوں کے ساتھ — لیکن یہاں کے معاشرے میں پیدا ہوتے ہی ہمارے ڈینے کاٹ دیئے جاتے ہیں۔ ہمیں پڑھایا اس لیے جاتا ہے کہ اس ماحول میں پڑھائی بھی ایک اسٹیٹس سمبل ہے بس — لڑکی کہاں پڑھ رہی ہے ؟ کس کانوینٹ میں ؟ انگریزی کس ایکسنٹ میں بولتی ہے ؟ تاکہ پارٹی اور نمائشی میلوں میں اپنے اسٹیٹس کی بھی نمائش کی جاسکے۔ لیکن ہم کچھ بھی پڑھ لیں راٹھور، سپنے نہیں ہوتے ہمارے پاس — سپنے بڑی خوبصورتی سے ماں باپ کی تحویل میں ہوتے ہیں۔ اور وہ جانتے ہیں، ان سپنوں کا فیصلہ یا حکومت وہ کرے گا، کل جو ہماری زندگی میں آئے گا — ہمیشہ کے لیے اور اس، ہمیشہ کے لیے زندگی میں آنے والے مرد کو بیوی نہیں، گھر سنبھالنے والی ایک مورت چاہئے۔ لیکن میں اڑنا چاہتی ہوں — میں نے ایم بی اے کیا ہے۔ کچھ کرنا چاہتی ہوں زندگی میں ۔۔۔ لیکن ۔۔۔

آنکھوں میں نمی سی لہرائی — ہمارے ملک میں یا تو عورت نمبر ون ہے یا پھر زیرو — یا بے نظیر یا خالدہ ضیاء یا شیخ حسینہ جیسی عورتیں ہیں، لیکن ان عورتوں کا بھی ایک سیاسی بیک گراؤنڈ رہا ہے — انہیں چھوڑ دیں تو یہاں سے بنگلہ دیش تک سیاست میں بھی عورتیں کہیں نہیں ہیں۔ اور اب ۔۔۔ لشکر ہے، طالبان ہے ۔۔۔

اور کتنے ہی لشکر۔۔۔ کہ کبھی بھی ہمارے پڑھنے یا باہر نکلنے کے خلاف بھی ایک فتویٰ آسکتا ہے۔ پھر ہم دربے میں بند مرغیاں بن جائیں گے۔۔۔ صرف گردن مروڑنے والے جلّاد کے انتظار میں۔۔۔'

وہ رو رہی تھی۔۔۔ 'یہ کوئی زندگی ہے راٹھور۔۔۔ اس زندگی سے تو مر جانا اچھا لگتا ہے۔۔۔'

شائستہ سائین آؤٹ کر گئی تھی۔ کیم پر اندھیرا چھا گیا تھا۔۔۔ لیکن اندھیرے میں بھی اس کے لفظ چیخ رہے تھے۔۔۔ یہ کوئی زندگی ہے راٹھور۔۔۔ اس زندگی سے مر جانا۔۔۔

اسی دن شاید اس کیفیت میں، میں دیر تک سو نہیں پایا — کبھی ہم کتنے مجبور اور بے یارومددگار ہوتے ہیں — دیواریں، سرحد پر خاردار تاروں کی قطار۔۔۔ ان تاروں کے آرپار صرف بجلی کے جھٹکے ہیں یا نفرت کے —

26/11 کی دہشت

اب تک شاید آپ نے اندازہ کر لیا ہو کہ یہ کہانی بے حد نفرت کے دنوں میں شروع ہوئی — یعنی ایسے موقع پر جب دہشت کی بساط پر کٹّر بھگوا تنظیموں نے ہندستانی سیاست میں ایک نیا موڑ لیا تھا — سادھوی پرگیہ اور لیفٹیننٹ کرنل پروہت

کی گرفتاری سے مالیگاؤں سے لے کر ممبئی تک کے دھماکوں کے نئے تار جڑنے لگے تھے — لیکن اس بار اسلامی جہاد یا دہشت گردی کی جگہ ہندو وادی، کٹّر وادی تنظیموں نے لی تھی — یہاں یہ اشارہ صاف تھا کہ مشتعل 'ہندوتو' کو اپنائے بغیر چارا نہیں — اور یہ بھی کہ اسلامی دہشت گردی سے نمٹنے کے لیے 'ہندو وادی آتنک واد' کے شعلے بھڑکانا ہی سنگھ کا ایک خاص مقصد ہے — میڈیا کے خلاصے نے دہشت گردی کا ایک نیا چہرہ دکھایا تھا۔ شاید اُنہیں دنوں پہلی بار شائستہ کی زندگی میں داخل ہونے کے بعد میرے خیالوں اور کٹّرپن میں تھوڑی سی کمی آئی تھی۔ لیکن بابوجی کا لہجہ ویسا ہی تیکھا اور شدت آمیز تھا۔

"سب بکواس۔ ہندوؤں کو بدنام کرنے کے طریقے۔ ہمارے سادھو سنتوں پر لگانے والے الزام بالکل بے بنیاد ہیں۔ دراصل کانگریس اقلیتوں کے ہاتھوں پوری طرح بک گئی ہے۔"

لیکن شاید جنگ کا کوئی راستہ نہیں — لیکن نفرت دور بھگانے کا ایک ہی راستہ پیار ہے — پیار — جو اچانک آپ کو ساری ناامیدی، سیاست، داؤں پیچ سے باہر نکال کر صرف ایک ہی راستہ پر ڈال دیتا ہے۔۔۔

بس۔۔۔ چلتے۔۔۔ چلو۔۔۔

شائستہ پوچھ رہی تھی —

"تمہارا میڈیا ہم سے اتنی نفرت کیوں کرتا ہے —؟ ایک ہی ملک کے تھے ہم، جیسی باتیں اب شاید گزری تاریخ کا حصہ لگتی ہیں۔ اب یہ دو نفرت کرنے والی آنکھیں ہیں۔ ایک دوسرے کو نہیں دیکھنے والی۔"

'یہ تم کہہ رہی ہو۔ اور جو تمہارے ملک کا میڈیا کرتا ہے —'

'ہمارا میڈیا اتنا اسٹرانگ نہیں جتنا تمہارا ہے۔ تمہارے یہاں سے بس زہریلے گیس کی بارش ہوتی ہے۔'

'ہم تو صرف بارش کرتے ہیں اور تم۔۔۔؟ تم اپنے دہشت گرد بھیجتے ہو۔۔۔ ہندوستان کو ختم کرنے کے لیے۔ کشمیر سے ممبئی تک۔۔۔'

'کشمیر کا نام مت لو۔ وہ ہمارا ہے۔۔۔'

'دوبارہ یہ بولنا بھی مت — کیم پر میرے کانپتے چہرے کو یقیناً وہ دیکھ رہی ہو گی۔ مگر جیسے میرا خون کھول گیا تھا — ہم جانتے ہیں تمہارا ملک یہ سب کشمیر کے نام پر کر رہا ہے۔ کیونکہ تم کشمیر کو ہمارے ملک کا حصہ ماننے کو تیار نہیں۔ تم ایک سڑے اور بدبودار ماضی میں سانس لیتے ہو اور تمہارا لشکر 'کشمیر کو ہتھیانے کے لیے ہندستان کی بربادی کے مہرے بٹھاتا ہے — تمہارے مدرسے دہشت کی فیکٹری بن جاتے ہیں۔ اور تمہارا مذہب۔۔۔ بس کافروں کو مار دو اور اسلام راج قائم کرو' کے بیہودہ اور ناممکن تجربات میں جٹ جاتا ہے۔'

'بکو مت مت۔۔۔' وہ غصے میں چلّائی تھی — اور تم لوگ وہاں مسلمانوں کو مارتے ہو۔ زندہ جلاتے ہو۔ دنگے کرتے ہو۔ دوئم درجے کا شہری سمجھتے ہو؟ وہ؟ تم گودھرا میں معصوم مسلمانوں کو بھون دیتے ہو۔ اور بابری مسجد توڑ دیتے ہو۔۔۔'

'ایک بابری مسجد کا جواب، تم لوگ ہزاروں مندر توڑنے سے دے چکے ہو۔ اور ہاں، یہ بھی سن لو۔ جنہوں نے بابری مسجد توڑی، یہ معاملہ ابھی بھی عدالت میں ہے — اسے ملک میں کسی بھی ہندو نے قبول نہیں کیا — لیکن تم؟ تمہاری مسجدوں

سے گولیاں چلتی ہیں — تم اردو بولنے والے کو مہاجر کہتے ہو۔۔۔ جو کچھ تمہارے یہاں لال مسجد میں ہوا—؟ تم بھول جاتی ہو کہ تمہارے دہشت گرد تمہارا اپنا ملک بھی تباہ کر رہے ہیں۔'

وہ ایک لمحہ کو ٹھہری تھی۔۔۔ "ہم سیاست لے کر کیوں بیٹھ گئے۔۔۔؟ ایک آگ یہاں بھی ہے۔ ایک نفرت یہاں بھی بوئی جارہی ہے۔ ایک نفرت وہاں بھی — دہشت کے سوداگر خوف اور وحشت کی زبانیں ہی جانتے ہیں — میں سیاست بھولنا چاہتی ہوں راٹھور اور اس وقت جانتے ہو میں کیا سوچ رہی ہوں۔"

' کبھی ہم ایک تھے۔۔۔ ایک ملک۔ کتنا نادر اور خوبصورت خیال ہے — جیسے جسم ایک۔۔۔ ایک روح۔ ایک ملک — فاصلے ہی مٹ جائیں — ایک ہونے کا تصور بھی کتنا عجیب ہے۔۔۔ ہے نا۔۔۔ پھر مجھے بلالو نا۔۔۔ شادی کرلو مجھ سے۔۔۔'

کیم پر اندھیرا — سائیک آف تھا۔۔۔

شائستہ نے آہستہ سے ٹائپ کیا۔۔۔ ٹی سی اینڈ بائی۔۔۔

لیکن جیسے ابھی ابھی اس کے بولے گئے الفاظ میزائل، راکیٹ لانچرس، اے کے 47، آر ڈی ایکس جیسے گھنونے ہتھیاروں سے الگ میرے پورے وجود میں ایک ایسی کویتا لکھ گئے تھے، شاید جسے سننے کے لیے میں کب سے بے قرار تھا — مگر سب کچھ ایک یوٹوپیا جیسا۔ سرحد کی دیوار سے بھی بڑی ایک مذہب کی دیوار — لیکن خوف اور دہشت کے ماحول میں ہماری نفرت بھری باتوں کے درمیان اس نے خاموشی سے ایک پیار کا پودا لگایا تھا — لیکن میں جانتا تھا، یہ کوئی برلن کی دیوار نہیں ہے جسے آپسی سیاسی سوجھ بوجھ سے توڑ دیا جائے — اس دیوار کے ایک طرف سنگھ

ہے اور دوسری طرف طالبان۔۔۔

لیکن شائستہ کا آخری لفظ اس بار مجھے حیران کر گیا تھا—

**

دو دن تک غائب رہی۔ نہ فون آیا۔ نہ نیٹ پر کوئی بات ہوئی۔ شاید یہ میرے لیے بے حد حیران کرنے والے دن تھے—جہاں ایک انجانی سی کسک اور چبھن مجھ میں جاگ چکی تھی۔

تیسرے دن وہ نیٹ پر ملی۔۔۔

'کیسے ہو۔۔۔؟'

رسمی بات چیت کے بعد میں نے ڈرتے ڈرتے ٹائپ کیا—'اس دن جو کچھ تم نے کہا، کیا صرف ایک مذاق تھا؟'

'نہیں۔'

'لیکن کیا ایسا ممکن ہے؟'

اب کیم روشن تھا—ہم مائیک پر، ایک دوسرے سے باتیں کر رہے تھے۔

"راٹھور۔۔۔ دو دن تک میں اس پہیلی میں ڈوبی رہی—جو انجانے میں میرے ہونٹوں سے نکل گئی تھی۔ لیکن اب کہہ سکتی ہوں۔ انجانے میں نہیں: شاید تم سے ملاقات کے بعد مسلسل اس موضوع پر سوچتی رہی تھی۔ دیکھو، میں پیار کو کوئی بندھن، کوئی کانٹکٹ نہیں مانتی کہ پیار کیا ہے تو سامنے والا مل ہی جائے—پیار ان سب سے الگ ایک احساس ہے، جہاں نہ دیکھنا ضروری ہے نہ ملنا—اگر ہم نیٹ پر ایک دوسرے کو نہ دیکھتے، نہ باتیں کرتے تو؟ کیا پیار نہیں ہوتا؟ یہ جانتے ہوئے بھی

کہ پیار صرف ایک میل آئی ڈی سے بندھا ہے، جس کا پاس ورڈ تمہارے پاس ہے —ایک دن پاس ورڈ بدل دوں گے۔ یا دوسری آئی ڈی بنا دو گے۔ یہ رشتہ بھی ختم ہو جائے گا — لیکن تب بھی تمہارے لیے آخر آخر تک ایک پیار تو رہ ہی جائے گا، میرے پاس — "

کیم پر اس کی آنکھوں میں کشمکش کے آثار تھے — 'لیکن اس دن جو کچھ کہا، بے حد سنجیدگی سے کہا۔ مجھے پائل پسند ہے۔ بندی پسند ہے۔ ساڑی پسند ہے۔ پسند کے معاملے مذہب سے بلند ہوتے ہیں — یہاں مذہب نہیں آتا۔ جیسے تم پسند ہو اور تم میرے مذہب کے نہیں، یہ سوچ کر تمہیں پیار نہ کروں تو یہ ایک طرح کا خود پر ظلم ہو گا — ممکن ہے مجھے تمہارے لباس اور پہناوے پسند ہوں۔ لیکن تمہیں ہمارے لباس یا پہناوے بالکل پسند نہیں ہوں تو کیا ایسی صورت میں ہمارے پیار ے کو خارج کر دو گے ؟

'نہیں۔'

'جانتی ہوں۔ آہستہ آہستہ ہم ایک دوسرے کے رسم و رواج بھی پہننے لگتے ہیں اور نہ بھی پہنیں تب بھی کوئی بات نہیں۔'

وہ سانس لینے کے لیے ٹھہری — "ہمالیہ کی چوٹیوں سے پگھلتے گلیشیرس تک ہم اپنی مٹھی میں کرنا جانتے ہیں۔ چاند سے خلاء اور نئی دنیا کی تلاش تک۔ پھر ایک چھوٹا سا چیلنج ہم قبول کیوں نہیں کر سکتے ؟ کیا صرف اس لیے کہ کسی بدتر دھماکے سے بھی زیادہ خطرناک ہیں یہ دیواریں، جو مذہب کی ہیں ؟'

وہ سنجیدہ تھی — 'چلو' ایک بار پنگا لیتے ہیں۔۔۔'

'لیکن۔۔۔؟'

مجھے چاہتے ہو یا نہیں، سوال یہ ہے ؟

'ہاں۔'

'تو پنگا لو — 28 سال کے مرد ہو — جاب کرتے ہو — جہاں دنیا میں اتنی بڑی بڑی باتیں ہو رہی ہیں، ہم ایک چھوٹا سا پنگا نہیں لے سکتے ؟'

اس دن ایک بار پھر وہ مجھے حیران کر گئی تھی۔

**

وقت کو حاضر و ناظر جان کر کہ یہ سب کچھ انہیں دنوں واقع ہوا، جب 2008 میں بے حد پر اسرار یا بدترین حادثوں کا ایک سلسلہ شروع ہوا تھا۔ لوک سبھا میں کھلتے ہوئے بیگ — ممبر پارلیمنٹوں کی خرید و فروخت — رام پور، جے پور، بنگلور، احمد آباد اور دہلی کے بم دھماکے — کشمیر کا امرناتھ تنازعہ — ان سے باہر نکلیں تو بش کی طرف جوتا اچھال کر راتوں رات ہیرو بن جانے والا صحافی — نسل کشی اور فرقہ واریت کا ننگا کھیل۔ الگ الگ ماسٹر مائنڈوں کی تلاش۔ شیئر بازار کے لڑھکنے اور گرنے کا سلسلہ — روزگار چھیننے والی گندی پالسیاں اور 26/11 کا ننگا ناچ — جس سے پورا ملک کانپ اٹھا تھا۔ جیسے پاکستان نے اچانک ایک بار پھر نفرت اور جنگ کے بگل بجا دیئے تھے۔ چار دن تک چلے اس بھیانک دہشت گردانہ حملے نے جیسے سارے ملک کی نیند اڑا دی تھی۔ لیکن سب سے اہم تھا کہ اگر سرحد پار کے فدائین کا اس پورے معاملے میں کوئی رول ہے، تو ملک کے ہر عوام کا فرض ہے کہ وہ نہ

صرف اس پر اپنی ناراضگی جتائے بلکہ پاکستانی ہونے کے احساس کو بھی نفرت سے دیکھے۔

مجھے لگا، کہانی ختم ہوگئی ہے —شاید ایسی کہانیاں اسی طرح سنامی کی شدت کے ساتھ شروع ہوتی ہیں اور بکھر جاتی ہیں — جیسے نفرت کے اس ماحول میں پاکستان یا اس ملک کے کسی بھی شخص سے محبت کا رشتہ رکھا ہی نہیں جا سکتا۔ اخبار چیخ رہے تھے۔ میڈیا آگ اگل رہا تھا۔ حملے کی وارننگ کے باوجود رات کے اندھیرے میں گیٹ دے آف انڈیا سے ہندوستان کی اقتصادی دار السلطنت میں داخل ہونے والے درندوں نے دہشت کی وہی کہانی لکھی تھی جو امریکہ میں 9/11 کو پیش آیا تھا۔ لیکن امریکہ اپنی دادا گیری کے ساتھ حالات کو بہتر بنانے میں کامیاب رہا تھا۔ لیکن یہ ہندستان ہے، امریکہ نہیں — جہاں لچر غیر محفوظ کپڑوں میں آئی ٹی ایس کے اعلیٰ افسر اپنی جان گنوا بیٹھتے ہیں — وہاں حفاظت کے بڑے ذرائع یا حل سوچنا بھی مشکل لگتا ہے —لیکن حفاظتی دستوں کے ٹکراؤ میں وہ شخص پکڑا گیا تھا، جس سے ثبوت جتانے کا کام اب بھارت سرکار کر رہی تھی۔ وہی کالے کپڑوں میں ملبوس ایک حیوان چہرہ — دائیں ہاتھ میں بندھی لال پٹّی —بائیں میں کالی — دائیں ہاتھ میں پکڑا ہوا اے کے 47۔ تاج ہوٹل — نریمن ہاؤس اور اوبرائے میں چل رہے موت کے مناظر سارا ملک جیسے سانسیں روک کر دیکھ رہا تھا۔

محبت ہار گئی تھی — آخر یہ ایک دکھ بھری خبر تھی۔ دہشت کی فتح ہوئی تھی

شائستہ کی آواز ان دھماکوں میں کہیں کھو گئی تھی۔ 'تم ایک پنگا بھی نہیں لے سکتے۔'

یہاں دوبارہ ان خونی کارروائیوں کا ذکر نہیں کرنا چاہتا۔ لیکن جب میری خیریت کے لیے اس حادثہ کے ساتویں دن شائستہ نے فون کیا، تو جیسے ساری نفرت میرے ہونٹوں پر آگئی تھی—

'مر گیا میں۔ راجندر راٹھور۔ دلّی کی پرائیوٹ سی سی ایل کمپنی میں کام کرنے والا ایک آفیسر۔ اس آفیسر کے پاس اپنے بابو جی کو دیئے جانے والے سارے الفاظ چھوٹے پڑ گئے ہیں۔ تم جانتی ہو نا۔۔۔ ان کا تعلق سنگھ سے ہے۔۔۔'

'غصے میں ہو؟'

'ہاں۔ بے حد غصے میں۔ کیا سمجھتے ہو تم لوگ؟ دو بار کی جنگیں کافی نہیں تھیں، جو تیسری بار بھی ہماری شانتی بھنگ کرنے چلے آئے۔۔۔؟

لیکن راٹھور یہ میں تو نہیں تھی۔۔۔'

'یہ تم ہی تھی۔۔۔ تم سب ایک ہی ہو۔ پاکستانی — جو اس وقت ہمارے لیے ایک ناسور یا کینسر کے زخم سے زیادہ بدتر ایک ایسا وائرس ہے، جو ہم سے سب کچھ چھین لینا چاہتا ہے۔'

'سیاست کی سزا ہمیں کیوں دے رہے ہو؟'

'سیاست۔ کیا یہ صرف ایک سیاست ہے؟ یعنی میرا ملک اگر اس جنگ کو ٹالتے ہوئے تمہیں ثبوت دے رہا ہے اور تمہارے ان دہشت گردوں کو مانگ بیٹھتا ہے تو یہ سیاست ہو گئی؟'

میں غصے میں ابل رہا تھا — شاید وہ تمام رپورٹ میرے سامنے تھی، جو میں اسے بتانا چاہتا تھا — 1998 کے بعد سے اب تک پاک کے ذریعے مارے گئے معصوم لوگوں کی تعداد اتنی بڑھ چکی ہے کہ ہم صرف گھریلو جنگ لڑ رہے عراق سے تھوڑا پیچھے ہیں — صرف سات برسوں میں احمد آباد، جے پور، گوہاٹی، دہلی، ممبئی، بنگلور، گاندھی نگر، مالیگاؤں اور یہ سب ایک ایسے ملک میں جہاں آزادی کے 61 سال بعد بھی 77 فیصد لوگ آج بھی دس روپے روزانہ پر اپنی زندگی گزار رہے ہیں — ہماری ہمدردی ہماری کمزوری نہیں ہے — اب ہم نے بھی آتنک کے خلاف اعلان جنگ کر دیا ہے۔۔۔'

'بہت غصے میں ہو۔ تمہارا یہ چہرہ پہلی بار دیکھ رہی ہوں۔ مگر اچھا ہے راٹھور۔ میرے ملک سے نفرت کرو۔ لیکن میں؟ کیا ملک میں رہنے والے عوام سے نفرت جائز ہے؟ یہاں کئی لوگ ہیں، جو تمہاری طرح سوچتے ہیں۔۔۔ ہم اس بے حد نفرت بھرے نظام کی کٹھ پتلی بن جائیں تو مسئلہ حل ہو جائے گا راٹھور۔۔۔؟ اس کی آواز بھرا گئی تھی — 'ایک بابری مسجد کے جواب میں جب یہاں ہزاروں مندر توڑے گئے تھے تو بہت سے دلوں میں اس سیاسی نفرت اور نظام کے خلاف غصے کا جذبہ پیدا ہوا تھا۔ نفرت کا حل نفرت نہیں ہے۔۔۔'

اس کی آواز کانپ رہی تھی۔۔۔ 'اسی لیے۔۔۔ مجھے بلا لو نا۔۔۔ دیکھو کم از کم مجھ سے نفرت مت کرو۔ میں تمہاری نفرت کو قبول نہیں کر سکتی۔۔۔ مجھے بلا لو راٹھور۔۔۔'

**

فون کٹ گیا تھا۔ شاید وہ رو رہی تھی۔ میرے اندر کے دھماکے رک گئے تھے۔ اب ایک دوسرا دھماکہ شروع ہو گیا تھا۔ لیکن یہ دھماکا پہلے والے دھماکوں سے زیادہ طاقتور تھا۔۔۔ کیا ایسا ممکن ہے؟ شائستہ کو بلایا جا سکتا ہے؟ اس دہشت بھرے ماحول میں؟ نفرت بھری فضا میں؟ جب یہاں کا سارا ماحول پاکستان کے خلاف ہے۔ جب ٹی وی چینلس اور بالی وڈ فلموں میں کام کرنے والے اداکار بیرنگ پاکستان کو واپس کیے جا رہے ہوں۔ جب پاکستانی گلوکاروں کے نغمے، فلموں سے نکالے جا رہے ہوں۔ یعنی موجودہ دہشت کی ایسی فضا میں کیا یہ ممکن ہے۔۔۔؟

دو دن کے بعد شائستہ دوبارہ نیٹ پر آئی تو جیسے اس کے حوصلوں کو پر لگ چکے تھے۔ میری الجھنوں پر اس کا سیدھا سا جواب تھا۔

'ہاں سب ممکن ہے۔'

'لیکن کیسے؟'

'11/9 ورلڈ ٹاور میں جو کچھ ہوا، کیا یہ ممکن تھا —؟ تمہارے ملک میں سمندر کے راستے فدائین آئے اور جان کی بازی لگا کر اپنے ناپاک ارادوں کا کھیل، کھیلتے رہے — ان کی دہشت اگر ممکن ہے تو ہم ایک پیار کے لیے اتنا کیوں سوچتے ہیں۔'

شاید وہ صحیح تھی۔ میں ہار گیا تھا — دہشت گرد اپنی جان پر کھیل کر، انسانی بم بنا کر ایک دہشت بھری کارروائی کو انجام دے رہے ہیں۔ یوں چٹکیوں میں۔ اور ہم ۔۔۔ پیار کی ایک چھوٹی سی ندی کو پار نہیں کر سکتے؟'

'راٹھور سب سے پہلے یہ جاننا ضروری ہے کہ کیا تم بھی مجھے اسی شدت سے پیار کرتے ہو۔۔۔ جیسے۔۔۔'

میں نے اس کی آواز درمیان میں ہی کاٹ دی —"شاید اس سے کہیں زیادہ شدت کے ساتھ —' پیار کوئی پیمانہ نہیں، جہاں اسکیل ڈال کر دیکھنے اور ناپنے کی گنجائش باقی ہو۔۔۔ لیکن شاید۔ نفرت کے ان شدید حملہ کے باوجود میں ایک لمحہ بھی تم سے دور نہیں رہا۔۔۔ لیکن جہاں سارا ماحول ہمارے خلاف ہو، وہاں ہم یہ جنگ کیسے جیت سکتے ہیں؟'

'ویسی ہی ہمت، جیسی ان دہشت پسندوں نے ایک ذلیل کارروائی کے لیے دکھائی —اچھا بتاؤ اگر ہم شادی کرلیں گے تو۔۔۔؟ کیا مجھے اپنے مذہب کو بھولنا ہوگا۔۔۔؟'

شاید اب تک مجھے پیار کی اس بے پناہ طاقت کا اندازہ نہیں تھا —جہاں ایک سنگھ پریوار کے زیر سایہ ہوتے ہوئے بھی اچانک میں ایک ایسے راستے پر چل پڑا تھا، جہاں فرقہ واریت سے دور ایک عام سا انسان رہ گیا تھا —ہاں عام انسان۔ مٹھی بھر آسمان اور اپنے پیار کے لیے وقف —ایک متوازن اور لبرل چہرے والا عام انسان۔

'نہیں — پیار میں مذہب کوئی رکاوٹ نہیں ہے جان — مذہب پیار کے درمیان آئے تو پیار 'پیار نہیں رہ جاتا۔'

'تسلی ہوئی۔۔۔ ورنہ میں تو ہر روپ میں تمہاری تھی۔ تم جیسے چاہتے۔۔۔ لیکن چاہتی یہی تھی، ہم اپنے رنگوں میں ایک دوسرے سے پیار کریں —ایسا پیار جو نہ دیکھا گیا ہو نہ سنا گیا ہو۔۔۔

کیم روشن تھا— آنکھیں روشن تھیں — آواز جیسے سنامی لہروں جیسی موسیقی پیدا کر رہی تھی...

'میں نے سب سوچ لیا ہے... تم جانتے ہو نا... محبت اور جنگ میں سب کچھ جائز ہے...!'

'ہاں۔'

"مجھے کل لڑکے والے دیکھنے آئے تھے۔ تمہیں بتایا تھا— میرا ایک بھائی آرمی میں ہے —اس نے ہی یہ رشتہ لگایا تھا۔ دوسرا بھائی طالبان سے جڑا ہے۔ مجھ سے ایک سال چھوٹا —ابّو بوڑھے ہو گئے ہیں — نماز پڑھنے اور قرآن کی تلاوت کے علاوہ کچھ نہیں کرتے۔ کل میں نے سب کی امیدوں کا گلا گھونٹ دیا۔ میں نے صاف منع کر دیا۔ میں یہ شادی نہیں کر سکتی۔ اب گھر والوں کو دال میں کچھ کالا نظر آرہا ہے۔ میں اسی لمحے کا فائدہ اٹھانا چاہتی ہوں۔"

'لیکن کیسے؟'

"وہ میں نے سوچ لیا ہے۔ ہم فون پر نکاح کریں گے۔ نکاح مسنونہ۔ میرے جاننے والوں میں ایسا ایک نکاح ہو چکا ہے۔"

"نکاح... لیکن میں ہندو ہوں...'میری آواز کانپ رہی تھی۔ 'تم جھوٹے نکاح کا مطلب سمجھتی ہو؟ کیا ایک ہندو کے ساتھ تمہارے گھر والے نکاح کو مان جائیں گے..."

'نکاح کے وقت تم اور تمہارا خاندان مسلمان ہو گا— مسلمان ہو تم — سمجھو میری بات راٹھور —میں آنا چاہتی ہوں۔ اور اس کے لیے اس بے رحم وقت سے

بہتر کچھ بھی نہیں — میں گھر والوں کو منالوں گی — یہ مجھ پر چھوڑ دو۔ میں کہہ دوں گی کہ تمہارے گھر والے تمہاری شادی جلدی کرنا چاہتے ہیں۔ اس لیے ہمیں یہ قدم اٹھانا پڑا۔۔۔ سنورا ٹھور۔۔۔'

**

بادل گرج رہے تھے۔ میزائلیں چھوٹ رہی تھیں۔ دھماکے ہو رہے تھے۔ نیٹ بند تھا۔ آواز گم ہو گئی تھی۔ میں ایسے گہرے سنّاٹے میں تھا، جن کے بارے میں شاید میں نے زندگی میں کبھی سوچا بھی نہیں تھا — مگر شاید شائستہ ٹھیک کہتی ہے — انسانوں کے قتل عام کے لیے جب دہشت گرد اپنا حوصلہ جٹا سکتے ہیں تو ہم محبت کے لیے کیوں نہیں —؟ یہ کوئی پریوں کی کہانی نہیں تھی — لیکن سب کچھ جیسے پریوں کی کہانیوں جیسا ہی لگ رہا تھا — پاکستان میں اتنی گھٹن، اتنی بندشوں میں رہنے والی شائستہ فہیم خاں جب ایسا بھیانک قدم صرف میرے لیے اٹھانے کو سوچ سکتی ہے تو میں کیوں نہیں کر سکتا؟ ممکن ہے، یہ سب کچھ بے حد غیر معمولی اور ممکنات سے الگ دکھائی دے۔ لیکن کبھی کبھی اصلیت شاید اس سے بھی زیادہ تلخ ہوتی ہے — اب میں حیران نہیں تھا۔ صرف نئی اسٹریٹجی پر اپنی طرف سے کارروائی کرنے کی دیر تھی — ایک دھوکہ — ایک جھوٹا نکاح — لیکن ہم دونوں یہ اس محبت کے لیے کر رہے تھے، جسے اس دہشت بھرے کہرے میں بچانا ہمارے لیے ضروری ہو گیا تھا۔

شائستہ نے اپنی طرف سے پورا ہوم ورک کر لیا تھا اسے احساس تھا۔ دونوں بھائی اس کی مخالفت میں کھڑے ہو جائیں گے۔ نہ اماں اس حقیقت کو تسلیم کریں گی نہ ابّو۔ اسے ٹھیک ویسی ہی بغاوت اپنے گھر میں انجام دینی ہو گی۔ جیسی تختہ پلٹ بغاوتوں کی کہانیاں اس نے سن رکھی ہیں۔ اس لیے کہ اسے ہندوستان پہنچنا ہے۔ جہاں اس کا کوئی بھی رشتے دار نہیں رہتا۔ ورنہ شاید اس جھوٹ کی ضرورت ہی نہیں پڑتی۔ اور ظاہر ہے، راجندر راٹھور۔۔ ایک ہندو نام سننا اس کے گھر والے کسی بھی صورت میں برداشت نہیں کریں گے۔ اس لیے راٹھور یا اس کے گھر والوں کو مسلمان بن کر ہی ملنا ہو گا۔

اس واقعے کے ٹھیک تیسرے دن اس نے نیٹ پر اطلاع دی —

'خوش ہو جاؤ۔ میں نے مورچہ جیت لیا ہے۔'

اس نے تفصیل سے بتایا — پہلے دونوں بھائی اور امی ابو، محبت کی بات سے ہی بھڑک گئے — پھر جب یہ سنا کہ تم مسلمان ہو اور دہلی میں رہتے ہو، تو ابو کا لہجہ ذرا سا نرم پڑ گیا — ان کا بچپن دہلی میں ہی گزرا تھا۔ خیر یہ لمبی کہانی ہے کہ میں نے یہ مورچہ کیسے فتح کیا۔ لیکن میرے گھر والے راضی ہو گئے ہیں۔ میں نے بتا دیا ہے کہ تمہارا نام محمود ہے۔ اور گھر والے تمہاری شادی جلد کرنا چاہتے ہیں — تمہارے ابو کی طبیعت خراب رہتی ہے۔ اس لیے وہ پاکستان نہیں آسکتے۔ اور اس سے پہلے کہ گھر والے محمود کا نکاح کہیں اور کر دیں، ہم فون پر اپنی نکاح کو منظوری دیں گے اور محمود یہ بات مان گیا ہے۔

شائستہ نے آگے بتایا — ابو، تمہارے ابو سے بات کرنا چاہتے ہیں تا کہ فون پر

نکاح کی رسم پوری کی جاسکے۔ میں شاید اندر تک لرز گیا تھا۔

جھوٹ در جھوٹ

زندگی کے اس بے حد اہم موڑ پر، اچانک دنیا کے نظارے بدلے تھے میرے لیے —شاید محبت کی شدت آپ سے آپ کو 'چھین لیتی ہے۔ پھر جیسے آنکھوں کے آگے کی پرچھائیوں میں صرف جلتے ہوئے قمقمے رہ جاتے ہیں۔ حیرانیوں کا ایک وہائٹ ہاؤس ہوتا ہے ۔۔۔ جس کے ہر دروازے پر محبت کی ایک بڑی سی مورت ہوتی ہے۔ لیکن اب یہ مورت جھوٹ کی بنیاد پر کھڑی تھی۔ ایک جھوٹ سے نکلنے والا دوسرا جھوٹ۔ جیسے جھوٹ ان دنوں ہند و پاک کے درمیان بولے جارہے تھے۔ پاکستان کے لیے ہندوستان کی انفارمیشن ایک جھوٹ تھی جیسے ہندوستان کے لیے پاکستان مسلسل دباؤ سے بچنے کے لیے جھوٹ کا سہارا لیتا رہا۔ بابو جی کے الفاظ میں —جنگ ہی اکیلا راستہ ہے۔ اور یہاں، ہمارے لیے شاید محبت ہی اکیلا راستہ۔

شائستہ اپنے جھوٹ کے مہرے چل چکی تھی۔ اور اب یہ جھوٹ کا یہ پانسہ مجھے پھینکنا تھا۔

اور اس کے لیے میں نے اس بے رحم رات کا سہارا لیا۔ جس دن ہندوستان کے متّل، مکیش امبانی جیسے بڑے سرمایہ دار گجرات کے ہتھیارے وزیر اعلیٰ کو ملک کا

وزیر اعظم بنانے کا خواب دیکھ رہے تھے —ملک بارود کے ڈھیر پر کھڑا تھا اور بارود کا کھیل، کھیل چکے شخص کو ملک کے وزارت عظمیٰ کی کرسی پر براجمان ہونے کا خواب سجایا جارہا تھا۔

رات کے دس بج گئے تھے۔ ماں بابو جی سے، دفتر سے نکلتے ہوئے میں اپنی بات بتا چکا تھا کہ آج آپ دونوں سے کچھ ضروری بات کرنی ہے —شاید اس ضروری بات کا مطلب وہ سمجھ چکے تھے —سردی میں ان کے چہرے پر اس بے حد ضروری بات کی تپش کو محسوس کیا جا سکتا تھا —میرے اندر کمرے میں داخل ہونے تک جیسے وہ خود کو تیار کرنے کی کوشش کر رہے تھے۔

'کسی کی زندگی بچانے کے لیے اگر جھوٹ کا سہارا لیا جائے تو۔۔۔؟ مان لیجئے کوئی شخص ایک گھٹن بھرے قید خانے میں ہے۔ آپ اسے باہر نکالنے کے لیے جھوٹ کا سہارا لیتے ہیں اور اسے زندگی مل جاتی ہے؟'

ماں 'بابو جی پر اسرار نظروں سے ایک دوسرے کو دیکھ رہے تھے —

'میں نے شادی کا فیصلہ کیا ہے۔'

ممکن ہے، اچانک کا یہ جملہ 'ماں' بابو جی کے لیے کسی دھماکے کا کام کرتا، لیکن وہ ابھی بھی غور سے میرا چہرہ پڑھنے کی کوشش کر رہے تھے۔

ماں بولی —'اچھی بات ہے!'

بابو جی بولے —'میں ریٹائر ہو چکا ہوں۔ ہم دونوں تمہارے ہی بھروسے ہیں۔ نہ بھی ہوتے، تب بھی پریم وِواہ جیسے پرستاؤ کے وِرودھ میں، میں نہیں جاتا۔'

'یہ سن کر بھی نہیں کہ وہ لڑکی ایک مسلمان ہے —؟'

اب چونکنے کی باری ماں کی تھی۔

'مسلمان اور پاکستانی بھی — لیکن اگر یہ نہیں ہوا تو میں بھی نہیں رہوں گا— '

میں نے اٹھنے کی کوشش کی تو بابو جی کے الفاظ نے مجھے روک لیا— 'بیٹھو۔۔۔'

ان کی آنکھیں کشمکش یا الجھن کا احساس کرا رہی تھیں۔۔۔

کیسے ملاقات ہوئی۔۔۔؟

میں نے بتا دیا۔

'دیکھا ہے؟'

'ہاں۔'

'فون پر بات ہوئی ہے۔'

'ہاں۔'

'تم اسے ہندو بناؤ گے؟'

'نہیں۔'

ماں کا چہرہ سنّاٹے میں ڈوبا تھا—

'میرا رشتہ سنگھ سے رہا ہے۔ جانتے ہو۔ عمر کی اس پائیدان پر بھی ان کی سبھاؤں میں آتا جارہا ہوں۔ لیکن وہ بھی جانتے ہیں کہ بچے اپنا مستقبل خود چنتے ہیں ۔۔۔ حالات اچھے نہیں۔ تم بھی دیکھ رہے ہو۔ دونوں طرف یُدھ کے سائے منڈرا رہے ہیں —ایسے میں شادی کا پرستاؤ؟ چلو مان لیا میں تیار ہو جاتا ہوں۔ لیکن وہ لوگ؟ میں قریب سے جانتا ہوں۔ ان پاکستانیوں کو۔۔۔ بابو جی نے آنکھوں پر ڈھیلے ہو رہے چشمے کو ٹھیک کیا۔۔۔ 'بچپن پاکستان میں ہی گذرا۔ دنگے بھلیے تو لٹے

لٹائے ہم دہلی آگئے — آج بھی اردو اخبار پڑھ لیتا ہوں۔۔۔ ہم مسلمانوں کے محلے میں تھے۔۔۔ شاید وہ پرانی یادوں میں گم تھے۔۔۔ چشمہ اتارا آنکھیں صاف کیں —'وہ کسی ہندو کو برداشت نہیں کریں گے۔'

'جانتا ہوں۔'

'پھر —؟'اس بار چونکنے کی باری ماں کی تھی۔

'شائستہ کا یہاں کوئی بھی نہیں رہتا۔۔۔'

'شائستہ۔۔۔'بابوجی دھیرے سے بڑبڑائے۔۔۔

'اگر کوئی ہوتا تو شاید کسی بھی جھوٹ کا سہارا لینے کی ضرورت نہیں پڑتی —ہم جانتے ہیں' حالات خراب ہیں۔ شاید حالات اور بدتر ہوتے چلے جائیں۔ ہم سب ٹھیک کرلیں گے۔ لیکن اس کے لیے صرف ایک راستہ ہے کہ شائستہ ہندوستان آ جائے۔۔۔'

'یہ کیسے ہوگا؟'

'ہم فون پر نکاح کریں گے۔'

'نکاح —؟ پاگل ہو —؟ نکاح کا مطلب سمجھتے ہو — نکاح کا مطلب ہے دھرم پریورتن — تم دھرم پریورتن کروگے —؟ مسلمان بنوگے —؟ کیونکہ نکاح تو تبھی ہوسکتا ہے جب تم مسلمان بن جاؤ — وہ شک کی نگاہ سے دیکھ رہے تھے کہ کہیں اس میں بھی کوئی پاکستانی چال تو نہیں۔

میری آواز کمزور تھی —'کیونکہ نکاح کے بغیر، شائستہ ہندستان نہیں آسکتی — ہاں، ایک بار وہ ہمارے ملک آجائے۔ پھر سب ٹھیک ہوجائے گا۔'

'ہمیں کیا کرنا ہو گا—بابو جی اب بھی مجھے بغور دیکھ رہے تھے۔

'ہم صدیقی خاندان کے ہیں۔ میں محمود صدیقی — آپ آفتاب صدیقی۔ اور ماں۔۔۔'

'عارفہ صدیقی۔۔۔'بابو جی ماں سے بول رہے تھے —'تم عارفہ ہو سمجھی۔۔۔ بچپن میں پڑوس میں ایک لڑکی تھی عارفہ —میرے ساتھ کھیلتی تھی۔ سپنے کتنی دور نکل گئے۔'

ان کا لہجہ ایک بار پھر بجھ گیا تھا۔۔۔ ماں باپ بڑے شہروں کے لیے صرف ایک کٹھ پتلی ہوتے ہیں' جنہیں ان کے پڑھے لکھے نوکری کرنے والے بچے نچاتے ہیں۔'

اپنے کمرے میں آنے تک میں پریشان تھا۔ شاید سب کچھ اتنی جلدی ہو جانے کی امید نہیں تھی۔ لیکن ابھی کئی امتحانات باقی تھے۔ نکاح۔ قاضی، یعنی ایک جھوٹے نکاح کو سچ بتانا۔ کون مسلمان اس کے لیے تیار ہو گا؟

دوسرے دن صبح بابو جی نے اپنے دو پرانے مسلم دوستوں کو بلا لیا تھا۔ میں نے چھٹی لے لی تھی۔ جس وقت میں کمرے میں داخل ہوا، کمرے میں موت جیسا گہرا سنّاٹا چھایا ہوا تھا۔ شاید بابو جی مولوی سبحان (جو پڑوس میں ہی رہتے تھے اور صبح بابو جی کے ساتھ مارننگ واک پر نکلتے تھے) اور ہدایت اللہ خاں دونوں سے اس نازک موضوع پر بات کر چکے تھے۔ مولانا ہدایت اللہ کی بابو جی نے کچھ بے حد دشوار کن لمحے میں مدد بھی کی تھی — لیکن اس وقت دونوں کے چہروں سے ناراضگی ظاہر ہو

رہی تھی۔ آنکھوں میں سرمہ۔ دونوں کے چہرے پر بڑھی ہوئی داڑھی، کرتا پائجامہ۔ میں پاس والے صوفے پر بیٹھ گیا۔۔۔

'مذہب بچوں کا کھیل نہیں۔۔۔' ہدایت اللہ نے جیسے بغاوت کر دی تھی۔

'وہ لڑکی اگر پاگل ہے اور اسلام سے بے دخل ہونا ہی چاہتی ہے تو کیا تمہارا بھی لڑکا—؟ میاں جوانی کے جوش دو دن میں بجھ جاتے ہیں۔۔۔'

مولوی سبحان آہستہ سے بولے —'تمہاری دوستی میں آ گئے۔ لیکن جھوٹا نکاح۔ نعوذ باللہ۔۔۔ یہ ممکن نہیں۔۔۔'

'ویسے بھی فون پر نکاح قبول نہیں ہے۔ یہ بس چند مجبوریوں کی صورت میں ہو سکتا ہے۔ کہا گیا ہے۔ 'لا نکاح الا بولی' کوئی بھی نکاح بغیر ولی کے جائز نہیں۔'

ہدایت اللہ نے کہا —"برخوردار، مسلمان بن جائیں پھر کوئی قباحت نہیں ۔۔۔ ویسے بھی یہ آج کل عام ہو گیا ہے۔ شادی کے لیے پریشانی آئے تو مسلمان ہو جاؤ—اسلام ۴۔ ۴ شادیوں کی اجازت جو دیتا ہے۔"

گفتگو چل رہی تھی۔ سارے تیر میرے خلاف جا رہے تھے۔ میں جیسے یکایک گہرے سنّاٹے میں آ گیا تھا۔ جس امتحان کی گھڑی کو آسان مان کر چل رہا تھا وہ اس قدر الجھی ہوئی اور بھیانک ہو سکتی ہے، شاید یہ سوچ پانا بھی میرے لیے ممکن نہیں تھا۔ مگر ایسا ہو رہا تھا —مجھے محسوس ہوا، یکایک شائستہ کا وجود میرے اندر سے گم ہونے لگا ہو۔۔۔ سانس تیز تیز چلنے لگی تھی۔ پھر اچانک جانے کیا ہوا میں زور زور سے بول رہا تھا۔

'جھوٹ کیا ہوتا ہے، میں نہیں جانتا — آپ بڑے لوگ ہیں — ہم تو بچے ہیں۔ لیکن اتنا جانتا ہوں۔ جو جھوٹ کسی کو بچانے کے لیے بولا جائے، وہ جھوٹ، جھوٹ نہیں ہوتا — یہاں بھی دو زندگیاں داؤ پر لگی ہیں — اور دوسری طرف آپ کا مذہب ہے — مجھے پیار گوارا ہے تو مسلم بن جانا بھی گوارا ہے — لیکن شائستہ نہیں چاہتی — جیسے میں نہیں چاہتا کہ شائستہ میرے گھر آکر اپنا دھرم چھوڑ کر میرے بھگوانوں کو ماننے لگے — دو دھرم کے لوگ اگر ایک دوسرے کو چاہنے والے ہیں تو اپنے اپنے دھرموں کے ساتھ ایک چھت کے نیچے کیوں نہیں رہ سکتے —؟ اس دنیا میں جب قتل و غارت کے لیے، ہزاروں تسلیاں یا فتوے مل جاتے ہیں، تو دو پیار کرنے والوں کو ایک جھوٹ کا سہارا کیوں نہیں مل سکتا —؟ بابو جی سنگھ کو ماننے والے ہیں۔ بابری مسجد کے گرنے سے لے کر ہزاروں واقعات ایسے ہیں، جہاں لاشوں کی تجارت ہوئی ہے اور آپ کے یہاں ـــ فدائین ـــ اُسامہ جیسے لوگ جو مذہب کے نام پر انسانی معصوم جانوں کا قتل کر رہے ہیں۔ یہ سب جائز ہے تو پیار کا ایک جھوٹ جائز کیوں نہیں —؟ میں چلّایا تھا — وہ وہاں مر جائے گی اور یہاں میں — کیا یہ آپ دونوں کے مذہب کے لیے فخر کی بات ہوگی؟ یا وہ جھوٹ، جو دو زندگیوں کو بچالے۔'

شاید میں رو رہا تھا ـــ کچھ عجیب سے احساس رہے ہوں گے کہ میں زیادہ دیر تک کمرے میں ٹھہر نہیں سکا۔ میرے جانے کے فوراً بعد ہی دونوں مولوی صاحبان بھی اپنے گھر چلے گئے تھے۔

میں گہرے سنّاٹے میں تھا—اس کے باوجود پر امید۔ اندر جل پریوں کی طرح رقص کرتی شائستہ موجود تھی۔ جو کہہ رہی تھی —'گھبراؤ مت۔ ڈرتے کیوں ہو سب ٹھیک ہو جائے گا۔'

رات میں ہدایت اللہ اکیلے واپس آ گئے — وہ کئی جگہ بالخصوص گاؤں کی شادیوں میں نکاح کے فرائض انجام دے چکے تھے۔

چائے پیتے ہوئے انہوں نے بابو جی کو اپنے دل کی بات بتا دی —'راز داری ضروری ہے۔ اب تو جیسے ہونٹوں پر پاکستان کا نام لانا بھی ملک سے غداری جیسا ہو گیا ہے —بیٹے میاں کی باتوں میں وزن تھا— آپ تیاری کرو۔ لیکن یہ فیصلہ دل پر پتھر رکھ کر کیا ہے میاں۔ اللہ معاف کرے۔ اگر اس جھوٹ سے دو زندگیاں بچ سکتی ہیں تو پھر یہ جائز ہے۔۔۔'

وہ بابو جی کی آنکھوں میں جھانک رہے تھے —'شاید تم یہ بھی جان جاؤ کہ ایک انسان کی زندگی بچانے کا معاملہ سامنے آتا ہے، تو اسلام پیچھے نہیں ہٹتا —وحشیوں نے اسلام کو درندوں کا مذہب بنا دیا ہے۔'

جاتے ہوئے وہ ٹھہر کر بولے — میں نکاح پڑھا دوں گا۔ دو گواہوں کی ضرورت پڑے گی۔ ایک مولوی سبحان ہو جائیں گے۔ دوسرا میں اپنے چھوٹے بھائی کو تیار کر لوں گا۔

ایک وزنی پتھر میرے وجود سے اتر گیا تھا—اس رات دیر تک پتا جی میرے پاس بیٹھے رہے۔ ان کی آنکھیں جل رہی تھیں۔

"چلو، تم خوش ہو۔ شاید اسی میں ہماری خوشی ہے — لیکن تم نہیں جانتے ان مسلمانوں کو— قریب سے دیکھا ہے ان لوگوں کو— یہ آج بھی اسی مغلیہ دور میں جیتے ہیں، جہاں اپنے ہی دیش میں ہم پر جزیہ لگاتے ہوئے ہمیں دوئم درجے کا شہری بنادیا گیا تھا— ان کے لیے سب کچھ ان کا دھرم ہے۔ تو پھر ہمارے لیے ہمارا دھرم کیوں نہیں —؟ وہ اپنا پاکستان لے چکے۔ ان کی نفرتوں نے بنگلہ دیش بنوا دیا۔ یہ اپنے بھائیوں کے بھی نہیں ہوتے۔ پھر ہندو کیوں شرماتا ہے اپنے مذہب کی الکھ جگانے میں —ہر بار ایک سیکولر مکھوٹا کیوں پہنتا ہے —؟ ایک بابری مسجد کا موضوع ان سترہ سالوں میں بار بار اٹھتا رہا— اور بنگلہ دیش اور پاکستان میں جو ہزاروں مندر توڑ دیئے گئے، وہاں —؟ دراصل یہاں بھی وہ اسلام کی حکومت چاہتے ہیں۔ یا وہ جہاں بھی ہوتے ہیں۔ اسلامی حکومت کا خواب دیکھتے ہیں۔ کیونکہ ان کے مذہب میں لکھا ہے—۔ کافروں سے جہاد کرو۔ یہ فدائین دھماکے دراصل جہاد کی ہی شکل ہیں، جسے وہ کبھی کم نہیں کریں گے —۔'

ایک باپ کھو گیا تھا، سنگھ کا سانپ مذہبی چولے سے سامنے آگیا تھا— میں ڈر رہا تھا۔ یا شاید حیران ہو رہا تھا— ہم جھوٹ سے الگ نہیں ہوتے۔ جھوٹ ہمارے ساتھ چلتا ہے۔ ہم اپنی خوشیوں کے لیے بار بار جھوٹ بولتے ہیں۔ لیکن جھوٹ اپنی زہریلی زبان دکھا کر ہمیں ڈراتا بھی رہتا ہے۔

یہ وہی دور تھا، جب قصاب کو لے کر ہندپاک کی سیاست گرما چکی تھی —اور ادھر امریکہ، ایٹمی دھماکوں سے آزاد دنیا کا اعلان کرنے والے ہیرو اوبامہ کے ساتھ ایک نئی تاریخ کا گواہ بننے کی تیاری کر رہی تھی —وہائٹ ہاؤس کے 132 کمرے

والے محل میں، جسے کبھی 18 ویں صدی کے کالے غلاموں نے مل کر بنایا تھا۔ پہلی بار ایک حبشی صدر کے ذریعے اس محل میں جاکر نئے خوابوں کو پورا کرنے کا وقت آ گیا تھا— یہ خوابوں کو سچ کرنے کا وقت تھا۔ شاید اسی لیے ایک نئے خواب کی بنیاد میں بھی رکھ چکا تھا—

دوسرے دن صبح ہی میں شائستہ کو اپنی کامیابی کی خبر دے دی — گجانند راٹھور عرف آفتاب صدیقی سے تقریباً دو بجے شائستہ کے والد کی ایک رسمی بات چیت ہو گئی اور آئندہ جمعرات رات 8 بجے فون پر نکاح کا وقت مقرر کر دیا گیا۔

جیسا میں نے شروع میں بتایا ہے، میرے لیے سب کچھ کسی پریوں کی کہانی جیسا تھا—راکچھس کے چنگل میں قید پری — شہزادہ جنگل جنگل بھٹکتا ہوا، ہزاروں طلسم سے گزرتا آخر کار شہزادی کو اپنے قبضے میں کر لیتا ہے — لیکن شاید میں بھول گیا تھا۔ پریوں کے کرشمے یا فنتاسی عام زندگی کے کرشمے یا فنتاسی کے سامنے بالکل پھیکے ہیں —شاید میرا اصل چیلنج اب شروع ہوا تھا۔

آخر میں مذہب

جمعرات —شام، ساڑھے سات بجے ہی ہدایت اللہ، مولوی سبحان اور ہدایت اللہ کے چھوٹے بھائی آ گئے۔ ڈرائنگ روم کا نقشہ بدل چکا تھا۔ صوفے کنارے کر

دیئے گئے تھے۔ قالین پر سفید چادر بچھ گئی تھی۔ گؤ تکیے لگ گئے تھے۔ اس درمیان پاکستان، شائستہ کے والدین سے دو تین بار بات ہو چکی تھی۔ مجھے آئیڈیا کا اشتہار یاد آ رہا تھا، جہاں ایک موبائل سے گاؤں دیہات کے بہت سارے بچے پڑھ رہے تھے۔ یا ایک نیتا جی کے مال بنائے جانے کے نام پر ملک کے کونے کونے سے رائے مانگی جاتی ہے۔۔۔ اور عوام کہتی ہے —نا —وہاٹ این آئیڈیا سر جی۔ اور یہاں یہی موبائل — جھوٹ ہی سہی۔ سرحد کی دیواریں توڑ کر دو رشتوں کو ایک بندھن میں باندھنے جا رہا تھا۔

آٹھ بج گئے۔ موبائل کا اسپیکر آن تھا۔ تاکہ نکاح کے الفاظ اور میرے قبولنامے کو وہاں سنا جا سکے —اور لڑکی کے قبول نامے کے لفظ یہاں سب کو سنائی دے سکیں۔ میں نے اپنے دوست فردین کو اس راز داری بھرے جھوٹ میں شامل کیا تھا کہ وہ اپنے موبائل سے اس موقعے کی تصویر لے لے تاکہ اسے ثبوت بنا کر شائستہ کے گھر والوں کو ویزا میں کوئی پریشانی نہ ہو۔

بابو جی سفید کرتے پائجامے میں تھے۔ سر پر ٹوپی —باہر کا دروازہ بند تھا— اس حلیے میں پہلی بار دیکھ کر عجیب سا لگا تھا۔ بابو جی گجانند راٹھور نہیں، جامع مسجد میں نماز پڑھانے والے امام صاحب لگ رہے تھے۔ لباس نے مذہب کا فرق مٹا دیا تھا۔

آٹھ بج گئے۔

ہدایت اللہ نے قرآن شریف کے کلمات پڑھنے شروع کئے۔۔۔ کمرے کا سنّاٹا۔۔۔ ایک بھیانک خاموشی۔۔۔ آواز گونج رہی تھی۔۔۔ فردین، بابو جی، مولوی سبحان، ہدایت اللہ کے چھوٹے بھائی۔۔۔ اور پردے سے جھانکتی ماں۔

میرے لیے ابھی یہ سوچنے کا وقت نہیں تھا کہ ماں پر کیا گزر رہی ہو گی۔ لیکن شاید ایک جھوٹ کو پہنتے ہوئے بھی سچ کا احساس ہوتا ہے۔

اسپیکر پر شائستہ کے رونے کی آواز سن رہا تھا۔۔۔اُف میں، بھیانک سنّاٹے میں تھا— جھوٹ اب صرف ایک سچ تھا۔ ہمارے ملک، ہمارے خون سے گزرتا سچ۔۔۔ وہ زار و قطار روئے جا رہی تھی۔ اسپیکر پر مولوی کی آواز ابھر رہی تھی۔ آپ کا نکاح محمود صدیقی ولد محمد آفتاب صدیقی کے ساتھ دو لاکھ روپے، سکّے رائج الوقت دو معزز گواہوں کی موجودگی میں۔۔۔ آپ نے قبول کیا۔۔۔؟'

رونے کی آواز کے درمیان شائستہ کی آواز ابھری —ہاں، قبول کیا۔۔۔

امام کے تین بار شائستہ سے قبول نامے کے بعد اب میری باری تھی۔۔۔

میری آنکھیں بند تھیں۔ اب شاید یہ جھوٹ نہیں رہا تھا۔ قبول کرنے کے ساتھ ہی وہ میری زندگی میں آگئی تھی —اس کے رونے کی آوازیں ابھی بھی ٹھہر ٹھہر کر میرے کانوں میں گونج رہی تھیں۔

ممکن ہے، دوسروں کے لیے یہ جھوٹ ہو یا ناٹک — لیکن ہمارے لیے زندگی سے کہیں زیادہ —اور یہ بھی سچ تھا، اب وہ مکمل طور پر میری زندگی میں داخل ہو چکی تھی۔

دوسرے دن میں نے نکاح کی فلم، شائستہ کو میل کر دی۔ شائستہ کا فون آیا تھا —وہ چہک رہی تھی۔

'مسز راٹھور بول رہی ہوں۔ اف۔۔۔ پکّے پاکستانی لگ رہے تھے تم۔۔۔ ارے اب تو میں تمہاری منکوحہ ہوں۔ کچھ بھی کر سکتے ہو تم۔ لیکن مسٹر ابھی اتنا بے

صبر بننے کی ضرورت نہیں ہے۔ حالات خراب ہیں۔ بڑے بھائی حکومت سے ویزا لینے کی کوشش کر رہے ہیں۔ میں امی جان اور فرحان آئیں گے۔ فرحان میرا چھوٹا بھائی ہے۔ ابو کے گھٹنوں میں درد رہتا ہے اس لیے وہ نہیں آپائیں گے۔ گھبرانا مت۔ ایمرجنسی ویزامل جائے گا۔

اور اس کے ٹھیک سات دنوں بعد اس نے خوشخبری دی —'ویزامل گیا ہے۔ سات دنوں کا ملا ہے۔ لیکن ابھی ہم چار دنوں میں لوٹ جائیں گے۔ ہمارے پاس صرف چار دن ہوں گے اور یہ چار دن تمہیں سنبھالنے ہیں۔'

زندگی، ناٹک یاڈرامے سے کہیں زیادہ ایک کڑوی سچائی ہے —ہم زندگی میں ایک معمولی سا بھی قدم اٹھانے کی کوشش کرتے ہیں تو جیسے ایک ناٹک اپنے بھیانک روپ میں ہمیں نئ صورت حال سے آگاہ کرنے لگتا ہے۔ یہاں تک ہم کامیاب رہے تھے لیکن اب؟ راستے پریشان کن اور الجھے تھے — بھارت آئے ہوئے پاکستانی ایک ایک کر کے واپس بھیج دیئے گئے تھے۔ بیحد ایمرجنسی حالت میں ہی ویزاملنا ممکن تھا۔ پھر اس فارمالیٹی پورا کرنے کے لیے پولس ویری فکیشن۔ لیکن یہاں بھی ہمارے پڑوسی مولانا سبحان نے مدد کی تھی۔

شائستہ کے بھائی نے وہاں کی ہوم منسٹری دوڑ بھاگ کر کے ویزاحاصل کر لیا تھا اور اب وہ آرہے تھے —پولس انکوائری میں مولوی سبحان نے ساتھ دیا تھا— آفتاب صدیقی ہمارے کرائے دار ہیں اور اچھے آدمی ہیں۔

ایک بلاٹل گئی تھی لیکن اصل امتحان ابھی باقی تھا۔شائستہ کو فرحان سے خطرہ

تھا، جس کے بارے میں اس کا شک تھا کہ وہ طالبان جیسی دہشت پسند تنظیم سے وابستہ ہے۔ ظاہر ہے، اس شک کے کچھ بنیاد بھی رہے ہوں گے۔ لیکن اب تک کی ساری مہم اتنی کامیابی سے انجام پائے گی، میں نے سوچا نہیں تھا—شائستہ کے پاس صرف چار دن ہوں گے۔ ان چار دونوں کو زندگی بھر کا ساتھ بنانا تھا۔ اصل زندگی کا جو اب شروع ہوا تھا۔ کتنے ہی خیالات آرہے تھے۔ جارہے تھے۔ وہ معافی مانگ لے گا—گڑگڑا کر اپنی محبت کی بھیک مانگے گا۔ لیکن وہ ایک جھوٹ کو کیوں تسلیم کریں گے—؟

پھر؟

اگر وہ شائستہ کو ساتھ لے کر چلے گئے تو—؟ تو کیا ان حالات میں اس کا پاکستان جاکر شائستہ کو لانا ممکن ہے—؟ شاید نہیں۔ صرف ایک ہلکی سی امید کہ پیار جیت جائے—جیسے مولوی سبحان یا ہدایت اللہ نے اس پیار کی عظمت کو دہشت گردانہ کارروائیوں پر ترجیح دی—شاید شائستہ کی امی جان کا دل بھی پسیج جائے۔

لیکن ابھی سب سے بڑی الجھن تھی، ان چار دنوں میں اس کے گھر والوں کا مسلمانوں کی طرح رہنا اور تواضع کرنا—کیا یہ ممکن ہو سکے گا؟

لیکن یہ ممکن کرنا پڑے گا—قدم قدم پر احتیاط برتنی ہوگی۔ ذرا بھی لاپروائی اور خطرہ سامنے—اور خطرہ بھی ایسا کہ ان نازک اور سیاسی حالات میں، معاملات کے بے حد بگڑ جانے کا خطرہ بھی سامنے تھا۔

ایک ہندو گھر کو مسلمانی گھر بنانے کا کام جاری تھا—دیوار پر ٹنگے دیوی دیوتاؤں کے کلینڈر چھپا دیئے گئے تھے—اسلامی کلینڈر دیواروں پر جگہ جگہ لگا

دیئے گئے — پوجا والا کمرہ بند کر دیا گیا — بابو جی تو سفید کرتا اور پائجامہ پہن کر مسلمان بن جائیں گے اور ماں؟

مشکل ماں کی تھی۔ ماں سیندور پوچھنے، منگل سوتر اتارنے کو راضی نہیں تھی — مر جاؤں گی لیکن نہیں اتاروں گی۔ لیکن بابو جی کے سمجھانے پر ماں، عارفہ صدیقی بن گئی تھی۔ شلوار جمپر — سر پر آنچل ڈالے اپنے گھر میں ہو کر بھی، جیسے ہم کسی اجنبی گھر میں تھے — کہاں سے ہندو تھے ہم۔۔۔؟ گھر کی دیواروں سے لے کر پہناوے تک — کہاں ہیں ہم؟ بس لباس یا پہناوے کی حد تک؟ لیکن ایک مشکل اور تھی۔ گھر میں نانو یج نہیں کھایا جاتا تھا۔ بابو جی اور ماں اس کی بو تک سے پرہیز کرتے تھے۔ یہ ذمے داری مولوی سبحان نے قبول کر لی تھی۔ میرے گھر سے آ جائے گا۔ انہوں نے اپنے گھر والوں کو بتایا تھا — گجانند بابو کے یہاں، ان کے بچپن کے پاکستانی دوست آرہے ہیں۔

'اس ماحول میں —؟ ممکن ہے، ان سے پوچھا گیا ہو، لیکن جواب آسان تھا — دوست تو کسی بھی ماحول میں آسکتے ہیں۔ دشمن تھوڑے ہی آرہے ہیں۔'

**

ہمارے طرف سے ساری تیاری مکمل تھی۔ لیکن احتیاط برتنے کے باوجود بھی خطرے کا پہلا سائرن اس وقت بجا، جب گاڑی گھر کے دروازے پر داخل ہوئی — دروازے پر انگریزی میں گجانند راٹھور کی نیم پلیٹ لگی تھی — اس نیم پلیٹ کے بارے میں ہم نے اس سے پہلے غور نہیں کیا تھا — مگر حادثہ ہو چکا تھا۔ چھ بجے صبح یہ

لاہور بس سے چلے تھے اور شام چھ بجے لاہور سے چلنے والی بس انہیں دلّی گیٹ چھوڑ گئی تھی۔ میں گاڑی لے کر پہلے ہی ان کے استقبال کے لیے کھڑا تھا— مگر شائستہ کو چھوڑ کر امی جان یا فرحان دونوں میں کہیں وہ گرمجوشی نہیں تھی، شاید میں جس کی امید کر رہا تھا۔

***

گاڑی چلاتے ہوئے میں نے شائستہ کی طرف دیکھا، وہاں قندیل کی طرح روشن مسکراہٹ کے ساتھ ایک گھبراہٹ بھی چھپی تھی۔

گاڑی کے گھر پہنچنے تک سنّاٹا ہی رہا۔ کسی نے کوئی بھی ذکر چھیڑنا مناسب نہیں سمجھا۔ اب گاڑی چرمرا کر گھر کے دروازے پر رک گئی تھی۔

'گجانندرا ٹھور۔۔۔' فرحان کے چونکنے کی باری تھی۔

مجھے دن میں آسمان کے تارے نظر آ گئے— یہ انہیں کا فلیٹ ہے۔ ہم کرائے میں رہتے ہیں۔'

'اوہ۔۔۔!'

شائستہ کے بے حد پیارے معصوم چہرے پر سناٹا چھایا ہوا تھا— امی جان غور سے ہماری طرف دیکھ رہی تھیں۔

'اپنا مکان نہیں ہے؟'

'ہو جائے گا۔ جلد ہی۔۔۔'

گاڑی رکنے کی آواز کے ساتھ ماں نے دروازہ کھول دیا تھا۔

فرحان، بابو جی کے گلے ملا۔ علیک سلیک، ہونے کے بعد یہ لوگ صوفے پر بیٹھ گئے۔ دیوار پر لٹکے اسلامی کلینڈر کو دیکھتے رہے۔

'پہلے ناشتہ یا چائے — یا آپ لوگ فریش ہونا پسند کریں گے —؟'

شائستہ کی امی کے چہرے پر ناراضگی کے آثار اب بھی برقرار تھے، جیسے اس شادی میں ان کی رضامندی شامل نہیں ہو۔

'دونوں بھائی بہت پیار کرتے ہیں اس سے۔ ورنہ یہ تو ممکن ہی نہیں تھا۔۔۔'

شائستہ سہمی ہوئی تھی۔

فرحان پوچھ رہا تھا۔ 'یہاں تو مسلمانوں پر بہت ظلم ہوتا ہے۔ آپ لوگ کیسے برداشت کرلیتے ہیں اتنا ظلم۔۔۔؟

بابو جی نے کچھ کہنے کے لیے منہ کھولا، میں نے روک دیا —

'ظلم تو نہیں ہوتا۔۔۔'

'نہیں ہوتا —؟ بابری مسجد توڑ دی — گودھرا میں اتنے ظلم ڈھائے — ظلم اور کیا ہوتا ہے۔۔۔؟'

وہ طالبان کی زبان بول رہا تھا۔

'بابو جی خود کو روک نہیں پائے — آپس میں لڑائی تو ساری دنیا میں چلتی ہے۔ بابری مسجد مسمار ہوئی تو اخبار سے میڈیا سب نے خوب خبر لی — مسلمان یہاں اپنی پوری آزادی کے ساتھ رہتے ہیں۔'

'وہی۔ آپ لوگ شاید ایک خاص طرح کی سینسر شپ میں جیتے ہیں۔ اس لیے ملک کے خلاف بولنے کی آزادی نہیں۔'

'ایسا نہیں ہے۔۔۔'

ٹھیک یہی وقت تھا، جب پاس کے مندر سے گھنٹہ بجنے کی آواز سنائی پڑی —

شائستہ کی امی چونک پڑی — یہاں پاس میں مندر ہے؟'

فرحان نے پوچھا — 'آپ مندر کے سائے میں رہتے ہیں؟'

'بھارت مسجدوں اور مندروں کا شہر ہے۔ قدم قدم پر مندر — بابوجی بولتے بولتے رہ گئے۔۔۔ میں بابوجی کی بے بسی اور لاچاری سمجھ رہا تھا۔

ماں چپ تھی۔ نظریں بچا بچا کر وہ سہمی ہوئی شائستہ کو دیکھ رہی تھی —

'مغرب کی نماز کا وقت ہو گیا ہے۔ یہاں پاس میں کوئی مسجد ہے؟'

فرحان کے اس اچانک سوال سے ہم سب جیسے سناٹے میں آ گئے تھے۔۔۔

'نہیں ہے۔۔۔' — میر الہجہ ڈرا ڈرا سا تھا۔۔۔

'کوئی بات نہیں۔ گھر میں نماز پڑھ لیں گے۔ پچھم کدھر ہے؟'

شائستہ کی امی، ماں سے پوچھ رہی تھیں۔۔۔

ہمارے دل ڈوب سے گئے تھے —

ماں چپ تھی۔ ہونٹوں پر تالا۔ اس نئی مصیبت کے بارے میں تو ہم نے غور بھی نہیں کیا تھا۔۔۔

فرحان کی آنکھوں میں شک کے سائے گہرے ہو گئے تھے۔۔۔ 'آپ لوگ نماز نہیں پڑھتے کیا؟'

شائستہ کی امی کہہ رہی تھیں — 'وہاں سنا تھا، بھارت کے لوگ غیر مذہبی ہوتے جا رہے ہیں۔ نماز اور قرآن سے کوئی مطلب ہی نہیں۔۔۔ ناراضگی اب آہستہ

آہستہ ظاہر ہو رہی تھی۔

'ہم وضو کریں گے۔ پھر مغرب کی نماز۔ پھر تلاوت کریں گے ۔۔۔ قرآن شریف تو گھر میں ہو گا ہی—'وہ ماں سے پوچھ رہی تھی—'غسل خانہ کہاں ہے—جا نماز نکال دیجئے۔ تلاوت کے بعد ہی ہم چائے ناشتہ کریں گے، پھر باتیں کریں گے ۔۔۔'

فرحان، شائستہ اور امی جان کو ان کا کمرہ دکھا دیا گیا تھا—باہر ہم تینوں سکتے میں تھے—ایک دوسرے سے نظر ملاتے ہوئے بھی گھبراہٹ سی ہو رہی تھی۔

**

وہ بھیانک رات گزر گئی۔ مولوی سبحان کے گھر سے جائے نماز اور قرآن شریف ان کا چھوٹا بیٹا لے آیا تھا اور یہ بات فرحان اور امی جان پر ظاہر ہو گئی تھی۔ رات کھانے کے بعد امی جان نے مختصر میں اپنا فیصلہ سنایا۔

'فون پر نکاح کو ہم صرف ایک رسم مانتے ہیں۔ یہاں آکر آپ کا گھر گھرانا اور ماحول دیکھنا تھا— محمود میاں کو پاکستان آنا ہو گا— تبھی ہم شائستہ کی رخصتی کر سکیں گے۔

رات جیسے کمرے میں ڈھیر ساری چمگادڑیں جمع ہو گئی تھیں۔ میں جانتا تھا، شائستہ کی امی اور فرحان گھر کا ماحول دیکھ کر خوش نہیں تھے۔ جیسے جبراً بیٹی کی ضد میں ہندستان تو آ گئے، لیکن اب اس آنے پر افسوس ہو رہا ہو—فرحان بار بار بھارت

پاک دشمنی کے تذکرے لے کر بیٹھ جاتا — یا پھر کشمیر کی باتیں کرتے ہوئے اس کی آنکھیں سرخ ہو جاتیں — بابوجی کے لیے یہ سب برداشت کرنا ممکن نہیں تھا لیکن وہ برداشت کئے ہوئے تھے۔ رات کسی طرح کٹ گئی۔ لیکن صبح یعنی دن کا وقت دھماکے جیسا تھا —

**

ماں نے علی الصباح نظریں بچا کر پوجا والا کمرہ کھول دیا تھا — وہ اپنی پوجا میں مصروف تھیں۔۔۔ کہ اچانک چونک گئیں۔

دروازے پر لال لال آنکھیں لیے فرحان اور شائستہ کی امی جان کھڑے تھے۔

'تو ہمیں بیوقوف بنایا گیا۔ آپ لوگ مسلمان نہیں ہندو ہیں۔۔۔'

پھر جیسے ایک کے بعد دوسرے دھماکے ہوتے چلے گئے۔

**

ڈرائنگ روم میں سب اس وقت ایسے بیٹھے تھے، جیسے کسی کی میّت میں آئے ہوں — ایک طرف دونوں گھر والے تھے۔ دوسری طرف سر جھکائے مولوی سبحان۔۔۔

'دھوکہ —'

فرحان کی آنکھیں جل رہی تھیں۔ 'اتنا بڑا دھوکہ۔۔۔ مجھے کل ہی شک ہو گیا

تھا۔ لیکن جھوٹا نکاح ––؟ اسلام کی بے حرمتی ہم گوارا نہیں کریں گے۔'

شائستہ کی آنکھیں روتے روتے پھول گئی تھیں۔

'ہم پولس میں جائیں گے۔ ایف آئی آر درج کرائیں گے۔ دھوکے بازوں کا ملک ہے یہ۔ اتنا بڑا دھوکہ ––میرے لیے یہ بات موت سے زیادہ بھیانک ہے کہ میں ایک کافر کے یہاں ہوں۔'

'ہم ہی بے وقوف تھے، جو اس بے حیا کے بہکاوے میں آ گئے –– تھوڑی سی جانچ پڑتال کر لیتے تو شاید اصلیت سامنے آجاتی۔ نوج یہ نیٹ چیٹنگ جو نہ کرائے۔ بے شرمی کا اکھاڑا ہے۔۔۔'

''تو پولس کے پاس جائیں گے آپ؟'کافی دیر بعد مولوی سبحان نے منہ کھولا ۔۔۔'الحمد للہ۔ میں بھی مسلمان ہوں۔ سچ اور جھوٹ کے معنی جانتا ہوں۔ لیکن میں دل پر ہاتھ رکھ کر کہہ سکتا ہوں کہ ان بچوں نے جو کیا وہ گناہ نہیں۔ کتنا مذہب جانتے ہیں آپ ––؟ ہندوستانیوں کا مذہب کیا پاکستانیوں کے مذہب سے الگ ہے ––؟ وہی اسلام جو میرے دل میں ہے، وہی آپ کے دل میں ہے ––اور اسلام نفرت نہیں، محبت سکھاتا ہے ––دلوں کو توڑنا نہیں جوڑنا سکھاتا ہے۔ میں ابھی بھی اپنی بات پر قائم ہوں کہ ان دونوں نے جو کچھ کیا، وہ ذرا بھی غلط نہیں ہے۔'

'اس لیے کہ آپ بھی اس سازش میں شامل تھے ––وہ بھی ایک مسلمان ہو کر ––شریعت کا پاس ہونا چاہئے ––آپ نے جو کچھ کیا وہ نا قابل معافی ہے۔' فرحان کی آنکھیں جل رہی تھیں۔ اتنا بڑا فریب شاید یہ سوچ پانا بھی میزائل کے پھٹنے جیسا ہے۔

'تو آپ پولس کے پاس جائیں گے۔ فریاد لے کر۔ اور پولس آسانی سے اس پریم کہانی کو سچ مان لے گی؟ ایسے ماحول میں جہاں تلوار سر پر منڈرا رہی ہے۔ جنگ کا ماحول ہے۔ ممبئی پر فدائین حملہ ہو چکا ہے اور ہندوستانی حکومت کے پاس ایک مضبوط ثبوت بھی ہے۔ ایسی صورت میں آپ جانتے ہیں پولس کے پاس جانے کا مطلب —؟ ایمر جنسی ویزا، مشکل حالات میں آپ کی آمد —ان سب کو دہشت گردانہ کارروائیوں کی نظر سے دیکھا جائے گا—جایئے پولس کے پاس۔۔۔'

**

جیسے اچانک آنکھوں کے آگے کی دھند آپ کو ایک نہ ختم ہونے والے اندھیرے میں دھکیل دیتی ہے۔ میں جیسے اچانک صفر میں دھکیل دیا گیا۔۔۔ میں نے پلٹ کر دیکھا۔ شائستہ کی آنکھوں کے آنسو اس کے گال پر جمع ہو گئے تھے۔ آنکھیں خوف سے پھیل گئی تھیں —جیسے ڈاکٹر نے سہارا دیتے دیتے جواب دے دیا ہو۔۔۔

'ہم سب پھنسیں گے۔۔۔ پولس میں جانے کے بعد کوئی نہیں بچے گا۔۔۔' بابو جی کمرے میں ٹہل رہے ہیں۔

'میں بھی سنگھ کا آدمی ہوں۔ ایک کٹّر اور مذہبی انسان۔ لیکن کیا کٹّرپن بچوں کی خوشی سے زیادہ معنی رکھتی ہیں۔'

پہلی بار بابو جی کی آنکھوں میں آنسو تھے —میں نے بس ان بچوں کی خوشی کے لیے یہ بھی سوچ لیا تھا—سیاست کی عمر نہیں رہی اب۔ سنیاس لے لوں گا۔ سنگھ کی

سبھاؤں میں جانا بند۔۔۔سچ اگر لاکھوں لوگوں کی جان لینے سے زیادہ بھیانک ہے تو ہم ایک سچ کے لیے آگے کیوں نہیں آسکتے۔

'دھوکہ۔۔۔' فرحان کمرے میں ٹہلتا ہوا بے چین تھا—ہم ایک اجنبی دیس میں چند کافروں کے درمیان اپنی غلطی سے پھنس گئے ہیں۔ ٹھیک کہتے ہیں آپ۔ پولس کے پاس گئے تو شاید وہ ایک نیا قصاب ڈھونڈ لے گی۔۔۔'

'ہماری پولس ایسی نہیں ہے۔' شاید پہلی بار مجھے احساس ہوا تھا، مجھے بولنا چاہئے —شائستہ نے یہ ساری لڑائی صرف میرے لیے لڑی ہے۔ اس وقت پاکستان جیسے ملک سے ساری بندشوں کے باوجود اگر یہاں تک آنے کی ہمت جٹائی ہے تو صرف میرے لیے — لیکن شاید تاریخ کے سارے بے رحم اوراق میں ہمیشہ سے پیار کو شکست ملتی رہی ہے۔

'مجھے معاف کر دیجئے۔۔۔ شائستہ کو بھی۔۔۔' الفاظ ٹوٹ رہے تھے۔ صرف آنکھیں ظاہر کر رہی تھیں۔۔۔ ہونٹ لرز رہے تھے۔۔۔ "ہم نے سوچا تھا—سب ٹھیک ہو جائے گا۔۔۔ ملک کی تقسیم نے سب ٹھیک کر دیا تھا نا—؟ دو ملک —دو الگ ملک —اپنی جگہ چین سے زندگی گزارنے والے دو ملک۔ لیکن کہاں سب ٹھیک تھا —؟ 61 برسوں میں سب ٹھیک کہاں ہوا —لڑتے ہی رہے ہم — نفرت بوتے رہے — نفرت کی فصلیں کاٹتے رہے۔۔۔ نفرت بھلا کیوں نہیں سکتے ہم۔۔۔؟"

میں نے آنسو پونچھے —'بتایئے کیا راستہ ہے؟ راجندر راٹھور سے سچ مچ محمود صدیقی بن جاؤں تو—؟ آپ مجھے پاکستان بلا کر شائستہ مجھے سونپ دیں گے۔'

'نہیں —' امی کا لہجہ برف کی طرح ٹھنڈا تھا۔

'پھر راستہ بتائیے۔ حل نکالیے۔۔۔' آنسو ایک بار پھر آنکھوں میں سمٹ آئے تھے —'ہم نے سوچا تھا سب ٹھیک ہو جائے گا — یہاں آپ کے آنے کے بعد آپکے پاؤں پر گر کر ہم معافی مانگ لیں گے — آپ بدلتے وقت کے ساتھ ہمارے پیار کی گہرائی کو سمجھیں گے اور معاف کر دیں گے۔۔۔'

الفاظ ٹھہر گئے ہیں۔

میں کمرے کی طرف دیکھتا ہوں۔ دیوار پر جھولتے اسلامی کلینڈر میں ایک بچہ قرآن کی تلاوت کر رہا ہے۔ مکہ اور مدینہ کی تصویریں — صرف کمرہ بدلا ہے — ہم حالات نہیں بدل سکتے۔ لیکن برسوں کی تہذیب سے جڑنے کے بعد کسی نئے فیصلے کی حمایت میں ہی سہی، کمرہ ایک نئی تہذیب تو اوڑھ سکتا ہے —؟ پھر حالات کیوں نہیں بدلے جاسکتے۔۔۔

اور یہ وہی نازک وقت تھا، جب افغانستان اور پاکستان سے طالبان کے فتوے آ گئے تھے۔ لڑکیوں کو پڑھانا منع ہے۔ باہر سڑک پر نکلنا، غیر مردوں کو دیکھنا۔۔۔ اور ایسے تمام فتووں میں عورت کی بغاوت کی سزا موت تھی۔ عورت ایک بار پھر پندرہویں صدی میں پہنچ رہی تھی۔ شاید شائستہ کی بغاوت کو بھی اسلامی شریعت سے جوڑ کر دیکھا جائے گا۔۔۔

موت۔۔۔ موت۔۔۔

صرف موت کا جان لیوا احساس رہ گیا تھا۔ شاید ہم ہار چکے تھے —

امی چپ تھیں —

شائستہ کی سسکیاں گونج رہی ہیں —

بابو جی ادھ مرے سے کرسی پر ہیں۔ ماں کی آنکھوں کی پتلیاں بے جان ہو چکی ہیں۔۔۔

فرحان نے فیصلہ سنا دیا۔

"ہم ابھی جائیں گے یہاں سے۔ اب یہاں رکنا مناسب نہیں۔ اور ہاں، محبت جیسی کسی چیز کا واسطہ دے کر ہمیں روکنے کی کوشش مت کیجئے — ہم بے شرمی اور بے حیائی جیسی چیزوں کو غیر اسلامی اور غیر اخلاقی مانتے ہیں۔ ہم جا رہے ہیں۔"

'ایک منٹ۔۔۔'

شائستہ اپنی جگہ سے اچھلی۔ اس کی آنکھیں انگاروں کی طرح جل رہی تھیں۔

'یہ نکاح آپ کے لئے جھوٹا سہی۔ میرے لیے نہیں ہے۔ اس لیے خود کو محمود کی منکوحہ سمجھتے ہوئے میں اس سے دو منٹ اکیلے میں باتیں کرنا چاہتی ہوں۔۔۔'

فرحان نے اسے کھا جانے والی نظروں سے دیکھا۔ لیکن امی جان نے خاموش اجازت دے دی۔

**

کمرے میں اس وقت صرف ہم دونوں تھے — لاچار، بے بس — خوفزدہ — شائستہ نے مجھے بانہوں میں لیا۔ میرے ہونٹوں پر اپنے ہونٹوں کی آگ رکھ دی۔ پھر جدا ہوئی —

'گھبراؤ مت۔ تمہاری بیوی ہوں اب — کوئی گناہ نہیں کیا میں نے — اور وقت گواہ ہے — دشمنی اور دہشت کے ایسے ماحول میں — ہم نے ایک دوسرے

کو چنا۔۔۔ اور جو کچھ ہم کر سکتے تھے۔۔۔ ہم نے کیا۔۔۔'

'لیکن وہ تمہیں مار ڈالیں گے۔ بے شرمی اور بے حیائی کے مظاہرے کی سزا وہاں صرف موت ہے۔'

وہ مسکرا رہی تھی۔۔۔ 'تم سے الگ ہو کر زندہ بھی کہاں ہوں۔ مگر اس غلط فہمی میں مت رہنا کہ وہ شائستہ فہیم خاں کو پاکستان لیے جا رہے ہیں — میں اپنا جسم، اپنی روح یہیں چھوڑے جا رہی ہوں۔۔۔ تمہارے پاس۔۔۔'

وہ جھٹکے سے مڑی۔ پھر باہر نکل گئی۔۔۔

میں بت بنا اپنے ہونٹوں پر اس کے ہونٹوں کے ذائقے کو ہمیشہ کے لیے اپنے اندر محفوظ کرتا رہا۔۔۔ باہر ٹھنڈ بڑھ گئی تھی۔۔۔ لوگ چلے گئے تھے — بھیانک تنہائی اور سناٹے کا احساس ہو رہا تھا مجھے۔ آنکھوں کے آگے دھند کی ایک گہری لکیر دور تک بچھ گئی تھی۔۔۔ لیکن اس دھند میں ابھی تک شائستہ فہیم خان کے چہرے کو میں اندر تک محسوس کر سکتا تھا۔۔۔ 'میں اپنا جسم اپنی روح یہیں چھوڑے جا رہی ہوں تمہارے پاس۔۔۔'

**

کہانی ختم ہو چکی تھی — لیکن شاید کہانی کا ایک بے جان حصہ ابھی باقی تھا — یہ وہی وقت تھا جب ہندوستان، پاکستان پر دہشت گردوں کو ہندوستان بھیجنے کا دباؤ بڑھا رہا تھا۔۔۔ اور بدلے میں پاکستان اپنی پالیسی میں الجھا ہوا تھا — میں نے ایک چھوٹا سا خط ہوم منسٹری کو بھیجا۔۔۔ جس میں صرف اتنا لکھا تھا — 'عزت مآب — ملک کا

ایک شہری ہونے کے ناطے یہ خط آپ کو لکھ رہا ہوں —اکثر اخباروں میں پڑھتا ہوں۔ سنتا ہوں کہ آپ لوگ پاکستان سے دہشت گردوں کو سونپنے کی مانگیں کرتے رہے ہیں —میں جانتا ہوں، پاکستان ایسا نہیں کرے گا—بدلے میں پاکستان بھی اسی طرح کی کچھ مانگیں آپ کے سامنے رکھتا آیا ہے —یہ خط بے حد تکلیف بھرے الفاظ کے ساتھ لکھ رہا ہوں کہ میری محبت شائستہ فہیم خاں، ولد مرزا فہیم خاں، میر قاسم محلہ، لاہور پاکستان میں ہے۔ آپ دہشت گرد مانگتے ہیں وہ نہیں بھیجتے —کیا ایک بار میری بات پر غور کرتے ہوئے آپ ان سے ایک محبت کے لیے اپیل نہیں کر سکتے —؟ صرف ایک بار —شاید اس کے جواب میں وہ بھی ایسی ہی محبت آپ سے مانگ بیٹھیں —پھر ممکن ہے محبتوں کا یہ سلسلہ دور تک چل نکلے —

میں گہری سوچ میں ڈوبا تھا۔۔۔ اور ظاہر ہے، اس وقت بھی میری آنکھوں میں شائستہ کی صورت جھلمل جھلمل کر رہی تھی —بہت اندھیرے کے باوجود میں ابھی اس لڑائی کو بند نہیں کرنا چاہتا تھا۔۔۔

***